枫 树 嘴

吴海龙　著

南方出版社·海口

用诗歌疗愈初年的忧伤

——序吴海龙诗集《枫树嘴》

雪 鹰

认识吴海龙应该是在2018年前后。那时候我还在常州鸿泰文化传媒公司做文化总监，他还没开始写诗。虽然在年轻时候就热爱文学，但在几十年的工作、学习、生活里，对于文学、对于诗歌的爱，因生存需要他也只能选择放手了。2019年开始，我在《金山》杂志诗歌高研班做主讲，之后的几年里，每一届海龙都是诗歌班的班长。出于对诗的挚爱，他为《金山》诗歌班做了很多奉献，因此在《金山》诗歌班的学员中他有着比较高的威望。

海龙对于诗歌的痴迷程度是很深的。在相当长的时间里，他把业余时间都用在了现代诗的阅读、理解、学习和训练上了，心心念念都是诗。值得欣慰的是，通过这么几年的不懈努力，他从一个懵懵懂懂的写作者，不断蜕变为今天这样一个相对成熟的诗人。这个过程里所包含的辛劳与磨难，他自己最清楚。其次，就是我。这么几年下来，我是陪着他一路前行，看着他在诗写的道路上一路成长的。今天，在他的第一本诗集即将付梓之际，我感到很开心。我觉得，几年来在诗歌班里的每一次对他的点评，每一次对他的要求甚至批评，以及他为诗歌所付出的一切努力，今天都有了回报。他深知自己现代诗写作起步晚的短板，所以比别人更加虚心，也更加勤奋。

对于吴海龙来说，枫树嘴这个村庄的印记已经刻进了他的骨子里，融入他的灵魂里，浸润到他的血液里了。这本真挚的爱的诗篇，当然可以被笼统地称为"乡土诗"，被称为"怀旧""乡愁"或"思乡"之作。但是我们从海龙的这本诗集里所读到的内涵，远远超越了上述这些概念。《枫树嘴》的主题当然包括上述种种，我以为更为重要的是诗人数十年东奔西走、四处漂泊之后，回头再看故土看家乡的时候，所产生的生命慨叹和价值判断。这些思考，是一生中没有遭遇磨难、没有长期背井离乡、没有经历过强烈的思乡之苦的人无法具备的。诗集的主题，至少包含以下三个方面。

一、故乡情怀与乡愁

一个人的一生中，童年的懵懂与老年的世故，都会对那个时段所经受的苦难，有一定地消解或释放作用。而在少年时代，在这个生命记忆的初始阶段，一个人所经历的冷暖与悲喜，往往会留下终身难以磨平的烙痕，它会在人生的每一个时段里，不断地破损又不断地结痂，那种反反复复的痛感是对生命的折磨，也是对人性的焠炼。在《后记》里海龙简要介绍了自己的生命历程。由于少年时的家庭变故，"凄风苦雨中的浮萍"成了他对少年时代自我形象的比喻。这些最初的生命体验就与生他养他的"枫树嘴"，有着既错综复杂又水乳交融的紧密联系。"真实、多维的枫树嘴"，"炎凉世态、冷暖人情"的枫树嘴，给予诗人"超常的锤炼"的枫树嘴，促使她的这位优秀孩子养成了"既倔强又柔软"的独特内心。我们先看看他的这首《绣花针》：

绣花针

娘家带来的。母亲手里的针，
总在我们睡下才出来，
用灯盏的光和后半夜的月色，

穿针，引线。
把茅草屋里漏洞百出的一日三餐，
和我们用旧的日子，
平针，扣搭，锁绣，缝补得体面，光鲜。

也有涩针的，她抬手低头，
在额前擦一擦，
最难走的针脚，也会变得通顺，平展。

记忆里，只有木刺扎进我六岁手指那次，
母亲才在白天取针，将针尖
在嘴里一抿再抿，拿针的手一直哆嗦，
而阳光下，眼里分明眯着泪花。

几十年过去，才体悟到，
人间行走，你我都是一根针的事，
攥在母亲手心里，
最钝，也会开出花朵。

这首诗以细腻的笔触和深情的叙述，勾勒出一幅幅关于母爱、生活与成长的温馨画面，让人读来心生感慨。诗歌以"绣花针"为线索，巧妙地串联起母亲勤劳持家、默默付出的形象，以及作者对于母爱、生活的深刻感悟。整首诗情感真挚，没有华丽的辞藻，却字字句句都透露着对母亲深沉的爱与感激。"用灯盏的光和后半夜的月色""平针，扣搭，锁绣，缝补得体面，光鲜"，这些生动的意象和具体的动作描绘，让读者仿佛看到了母亲在昏黄的灯光下，一针一线地缝补着家庭的温暖与希望。同时，这些画面也寓意着母亲用她的勤劳和智慧，将生活的艰辛和不易，缝补得尽量体面和光鲜。这里的意象生动，画面感强烈植入读者的眼帘。同时还有逼真的细节描写，触动人心："记忆里，只有木刺扎进我六岁手指那次，/母亲才在白天取针……"这一句不仅展现了母亲对孩子的关爱与呵护，也通过母亲"将针尖在嘴里一抿再抿，拿针的手一直哆嗦，/而阳光下，眼里分明眯着泪花"的生动描绘，让读者深切地感受到了母爱的伟大与无私。对于六岁时候的母亲的怀念，就是海龙诗歌所呈现的最大乡愁，最深的故土情结。

《枫树嘴》所呈现的浓厚的故乡情怀与难以割舍的乡愁之作篇幅还有很多。诗集中多次提及"枫树嘴""老屋""稻田""村口的小路"等意象，这些不仅是地理上的坐标，更是诗人情感上的寄托。例如，《你从江南来》一诗中，"巡逻归来/山路哼丢了故乡小调"一句，通过"哼丢"这一生动的动词，表达了诗人对故乡小调的深深怀念，以及远离故土后的无尽乡愁。

二、自然之美与人生哲理

诗集还广泛探讨了自然之美与人生哲理的关系。诗人通过对自然景物的细腻描绘，如《龙湖》中对湖水、月亮、星星、岸柳的描绘，不仅展现了自然的宁静与美好，更借自然之景抒发对人生哲理的深刻思考。在《坐忘》一诗中，"坐下来，镜子里那个人又告诉我/白发挤占了双鬓/面对花白，装着春天出发的人/还没想到即来的冬天"，通过短促有力的诗句和鲜明的节奏变化，表达了诗人对时间的感慨与对人生的思考。还比如《白露》这首诗，以其细腻的笔触和深邃的情感，描绘了一幅季节更迭、时光流转的动人画卷，同时也寓含着作者对生命、时间以及人际关系的深刻感悟。整本诗集里，关于对自然和哲思的作品，占比也很高。

三、时间与记忆

时间与记忆，是《枫树嘴》另一个重要的主题。诗人通过对过去与现在的对比，以及对未来的展望，表达了对时间流逝的感慨与对美好记忆的珍惜。在《枫叶红了》一诗中，"四十年后的某个秋后黄昏/我们再一次看见，今夜枫叶，眼里分明挤满血丝"和《素描》中"是我的画笔，蘸满天月色/一笔一画，却画不成庄稼。也描不清/小路上，走来的亲人"，诗人以四十年的时间跨度，展现了岁月的无情与记忆的模糊，同时也表达了对亲人深深的思念。《菜园》一诗，通过"豆角一辈子都是长短错落的牵挂"等句子，营造出一种时间的厚重感，随后又通过"妈妈教我跟着虫眼捉虫儿//如今，我是一粒大青虫子/被妈妈捉过/又被妈妈盼着"等句子，表达了诗人对自我身份的认同和对生命的深刻理解。由于少年时代来自家庭来自亲人之爱的相对缺失，成长以后尤其中年之后的人生必定会用无休止的回忆，来弥补生命对亲情对家庭之爱的先天不足，因此海龙诗歌里充满了对于故土、亲情的回忆，充满了对于旧时光的怀念的元素也就不足为奇了。

为什么选择诗歌这种文体作为创作手段？吴海龙在《后记》里说，其他文学体裁"终是拐着弯地抒发情感，难以直抒胸臆"，而诗歌可以"在有限的长短句里表达没有限度的思想和感悟"。这是海龙对现代诗最本质的认知，也是他诗歌创作实践的指南。

逆风奔跑

曲膝。弯腰。低下身子
拼力向前
逆风奔跑的人，是拉开弓的箭

不再回头
是迎风的旗帜，把卷舒的声响
摁回胸腔，呐喊

中年之后，依然逆风奔跑的人
是离鞘太久的刀
学会调适风与自己的
角度，和弧度

更懂得裁剪风口

让自己，和身后的风

融为风景

　　《逆风奔跑》这首诗，可以较为准确地对应诗人的诗歌理想。既能直接、自如地抒发自己的所感，又能以其简洁生动的意象和深刻有限的文字的寓意，传递出多维的思考、丰富的内涵。诗歌开篇即以"曲膝。弯腰。低下身子/拼力向前"的动作描写，迅速将读者带入到一个逆风奔跑的场景中。随后的"拉开弓的箭""迎风的旗帜"等意象，不仅形象生动，而且富有象征意义，使得意象鲜活、诗意灵动，让读者仿佛能亲眼见到那位逆风而上的勇士。诗人通过简单的文字，勾勒出富有感染力的画面。后面几行写出逆风奔跑者的信念和决心。他们不畏艰难，不惧挑战，即使面对再大的阻力，也绝不轻言放弃。这种积极向上的精神风貌，无疑是对读者的一种鼓舞和激励。"中年之后，依然逆风奔跑的人/是离鞘太久的刀/学会调适风与自己的/角度，和弧度"这几句，将诗歌的主题从单纯的动作描写，上升到了人生哲理的高度。中年之后的人，或许已经历了人生的风风雨雨，但他们并未因此而停下脚步。相反，他们更加懂得如何调整自己与环境的关系，如何在逆境中寻找生存和发展的空间。这种智慧和勇气，正是人生中最宝贵的财富。紧接着诗歌又以一种近乎禅意的表达方式结束全诗，将人与环境的关系推向了一个新的高度。逆风奔跑者不仅适应了环境，更在一定程度上改变了环境，使自己与身后的风融为一体，成为了一道独特的风景。这种与自然和谐共生的理念，不仅体现了人类对于自然的敬畏和尊重，也寓意着人生应该追求的境界——在逆境中寻求平衡与和谐。整首诗以生动的意象和深刻的寓意，展现了逆风前行者的坚韧与智慧，同时也引发了我们对于生活态度与人生哲学的深刻思考。

海龙对诗写技艺的追求不是单方面的。诗集《枫树嘴》诗歌的艺术手法，我以为包含了以下几个方面。

一、意象的创新与多层解读

诗集中频繁运用自然意象，如"枫树""老屋""月亮""风"等，但这些意象并非简单地照搬自然，而是经过诗人的艺术加工，赋予了多重含义。例如，在《枫树嘴》一诗中，"枫树"不仅是物理上的存在，更是诗人情感的寄托，象征着故乡的记忆与亲人的温暖。诗句"我每次打开的时候/总是俯下身子，双膝接地"，这里的"打开"不仅指物理上的行为，也寓意着心灵的开启，是对过去美好时光的深情回望。

二、语言的凝练与意象的叠加

诗人擅长用简洁凝练的语言，营造出丰富的意象空间。例如，《风，从门前经过》一诗中，"吹过的/只是风的一部分，另一部分/从你那边吹过来/吹进体内，膝盖里"，短短几句，便通过风的流动，将远方与近处、外界与内心巧妙地联系在一起，营造出一种跨越时空的情感共鸣。同时，这种语言的凝练也体现了现代诗歌追求言简意赅、意境深远的审美取向。在《绣花针》一诗里，诗人写到"几十年过去，才体悟到，/人间行走，你我都是一根针的事，/攥在母亲手心里，/最钝，也会开出花朵"。诗歌的情感和哲理在这里被推向了高潮。它告诉我们，在人生的道路上，无论遇到多少困难和挫折，只要有母爱的支撑和鼓励，我们都能像绣花针一样，即使是最钝的针，也能在母亲的手心里绽放出美丽的花朵。这不仅是对母爱的颂扬，也是对生命意义和人生价值的深刻思考。整首诗的语言没有过多的修饰和渲染，却能够深深地打动读者的心。这得益于诗歌对情感的精准把握和语言的巧妙运用。每一个字、每一个词都仿佛是从心底流淌出来的，充满了真挚的情感和深刻的思考。

三、情感的直接抒发与含蓄表达

诗集中的情感表达既有直接的抒情，也有含蓄的隐喻。如《梅花》一诗中，"老屋前的梅"这一意象，既是对实体景物的描绘，也寄托了诗人对往昔岁月的怀念和对逝去时光的惋惜。这种情感的抒发既直接又含蓄，让读者在品味诗句的同时，能够感受到诗人深沉的情感世界。这种源于隐喻、象征等修辞的艺术效果，在海龙的诗里是常见的，普遍存在的。

四、叙事与抒情的融合

诗人在创作中巧妙地融合了叙事与抒情，通过具体的场景描绘和人物刻画，使诗歌既有故事的情节性，又有情感的感染力。例如，《家书帖》一诗中，诗人通过"四十年"的时间跨度，回顾了过往的岁月，同时也抒发了对时间流逝的感慨和对未来的期许。这种叙事与抒情的融合，使得诗歌的内容更加丰富饱满，情感更加真挚动人。

五、结构的新颖与形式的灵活

《枫树嘴》许多作品在结构上突破了传统诗歌的束缚，采用了更加灵活多样的形式。有的诗歌短小精悍，一气呵成；有的则篇幅较长，层次分明。诗人还巧妙地运用了分行、断句等手法，使得诗歌的节奏感更强，视觉效果更佳。这种结构的新颖与形式的灵活，不仅增强了诗歌的艺术表现力，而且展示了海龙在诗歌创作中的思考与方向。

当然，《枫树嘴》这本诗集在创作技巧方面，展现了吴海龙诗歌创作的基本水平，同时也不可避免地展露了，他今后需要继续努力的地方。比如主题中对于生存环境的深度关注，以及想象力的进一步打开等等，这些作为诗人的终身课题，海龙需要再下功夫。对于一个现代诗写作时间不长的诗人来说，诗集的出版是自己诗歌创作的阶段性总结，是以诗疗愈少年时代的生活，给予自己伤痛的良药，更是诗歌写作的新起点。我们期待吴海龙在诗写的道路上走得更远，期待他有更多更好贴近当下的文本呈现给读者，呈现给自己，呈现给当代诗坛。

2024年10月1日

于坛头乡村诗歌学院

目录

第一辑 那山 那树 那片云

山那边是海

翻过中年的山头

翻越了半生的沟坎，风景，事理

看到，山海相连又

山海相依。时光轮回中

它们有过身份互换

挤压，碰撞，沦陷，又抬起

回望走过的人山人海

一路上，那么多记得和遗忘的情景

存在都有秘径。承受住的挤碰，大多是成全

幸福的是，还有半生的路程可以陪我

看山边的海，还有起伏的生活让我可以悲喜

还有，可以不用抵达的山海

井水里的星星

高处走来的事物，有胆怯的光影
尘世藏不住太多不确定性
经过仰视到颔首的人，会发现

井水里的星星，她一直
摇晃不定，经不起风吹和草动
井口上来去，都是匆匆意象

那些双脚不能同时安放地上的人
手心向上，抓取终是不及物
人间这口深井的最低处，我看到乡邻

他们跟着犁锄，弯腰俯向低处
把经冬果实，也把自己，种成星星

左手指月

抬起左手指认月亮。离心脏近
离你更近。每一次

起落，都有牵挂，都是再一次验证
圆缺，都是心的印迹

其实，月亮里的事物，历经人间
彼此已经不用言语

如同此时的我们，朝着明月，手伸过去
伸过四十年的光影

我们握住的人间，有了两个月亮
一个在指尖上
另一个，在手心里

风把我放于屋外

敞开的门没有吱声

我知道。吹过的

只是风的一部分，另一部分

从你那边吹过来

吹进体内，膝盖里

那么多年的痛，缓缓消解

那些从门前经过的风

脚步匆匆，装满了远方的消息

要赶在雷声响起之前

从东边开始，把自己吹进

田间地垄，和你窗前那棵桃树的枝头

坐忘

坐下来，镜子里那个人又告诉我

白发挤占了双鬓

面对花白，装着春天出发的人

还没想到即来的冬天

花落是一年，花开是又一年

那么多年，北风来，南风去

攻略在纸上行止

体内的雪一直在堆积

心中的远方，我用分行在不断地抵达

每想到这些

就会忘记已错过，和还将错过的事

我每次打开的时候

总是俯下身子，双膝接地，你的呵护

日夜安静，黑白没有颠倒

蛐蛐儿的声音延展阔叶的留白

芭蕉托住星星雨

是果实最甜的部分，凤尾竹氤氲月华

你合起的指尖流淌的暖

顺着长发披下来

长长短短，都是千万缕柔丝

我是那朵小花

梦里梦外都那么香甜

你从江南来，细语软软

溅起腌了一冬的乡音

不再把思念的风筝放得高远

巡逻归来

山路哼丢了故乡小调

此刻，许我捧着你

一次，再一次

默读，读你明澈的瞳仁

读你小巷久违的

乡讯，如柳长发，漫成

初春江南的风韵

而我想告诉你，我认识

江南清癯的路，熟悉

江南窈窕的河。我的童年

在江南，开一朵淡黄的苦菜花

不说吴侬软语，乡音
依然认真地纯正
征衣仍是江南水的原色
莫问我的归期

我腌了一冬的乡音

龙湖

湖在那里，龙

去了哪里？云朵告诉我

水也会往高处走

卧冰，哭竹，泣墓

走过苦痛的水

总会给日子添些咸味

支撑黄皮肤的脊梁

传说，有情就会有悔，龙

也躲不过。天上一个月亮

湖水起伏无数颗小月亮

岸柳绿向一号公路

臂弯里的情人坝

那么多星星在闪烁

而我在千里外的水边

抚摸海的心跳

有时候，是因为云朵荡漾

有时候，是因为看久了长江的来水

有一次，是因为看到你，眼睛盯着屏幕

脚下一绊，磕伤了湖的膝盖

太阳从树叶里落下来

知了从树叶里落下来

纺织娘从树叶里落下来

萤火虫也从树叶里落了下来

麻雀和鹁鸪，驮着黄昏

和落日一起，落进

树叶围拢的夜的栅栏里

这分明是眼前的事

而树叶从树的手掌里落下来

却已是很久以前了

跟那些年中秋的月亮一样

她来的时候挤翻了满桌子的笑声

今年她们迟早也会来的

那年的桌子旁空出了今年的小板凳

千里之外，当年搬板凳的人

踮起脚尖，害怕踩痛

来自故乡的月亮

背影

迎光而行
我背起的是另一个你
泪珠里的影子
悬而不落

怕落一滴都会成海
就让苦涩，和咸辛抱在怀里
这一刻，泪是寺庙

你转身过去
一滴，是心经
一滴，渡我的余生

让缩手缩脚的冬蠢蠢欲动的
是两个女子

昨夜的雪，骑着白马
从整个冬天都
没有望到头的远方赶来

关心雪。其实是关心
来处的云。我们都是离开故乡的人
雪来了。老屋前的梅

不会一弄，二弄，和三弄
劈开一句诗
一半是，来日绮窗前，寒梅著花未

留下的是你
不争春，只报春

半裸之痛

月的弯刀，把日子修剪得近乎完美

而黑白的原色

勾勒不尽人间的悲喜，离合

已走过的半生

我多立于悲，离之间

光阴之镰，柄不在自己掌中

我如老屋门前秋天

本该成熟的十月

离饱满的金色越走越远

霜已降

还有多少光阴可以流逝

面对十一月枝头

所剩的果实，我将支取身上的余温

把她覆盖

稻田里

稻田里日子呆长了
犁锄的脚底板也晓得感恩

桃花样温润的朝阳
跳上二嫂辫梢的时候

秧苗抱起我的手指，和着晨露
把我们种在新作的稻田

远处，白云之上
长腿鸟悠闲地亲近自己

在我和另一个我之间
掬一捧绿色

把粉嫩春心
在浅蓝薄亮的青天上排版发行

我们躬身后退
春绿，一句一句写向金秋

听

你

期待你，一如期待
所有走过的日子再一起走过

一直都在寻觅
路过巷口的那只鸟，以及它的声音

羽毛夹在那本有你名字的书里。悄无声息
自开始，到又一个开始

以一树的嫩绿，坚守
过往，和现在。所有时令的感应

你用洁白的羽翼
和想象，引领我的行程

就像那年接过你递来的梅枝和花蕾
我等候你的来临

屏住呼吸。缄默不语
只有你的声音，紧促又明晰

风雨人间

风斜。雨横。就算风扫雨泼

人间自有冷暖

昨夜。老屋窗檐上的月亮

从往事的风雨里，看你我牵手而过

院子里长大的桂花树

靠在我们用旧的木格窗子上

一粒粒数着今年的花语

打苞。开花。结果

无需回望。风戏雨弄的枝头

有花来过就不会寂寞

风雨人间，我们走过的都这样温暖

一朵小花

立冬的路边草丛，偶遇一簇
淡紫小花。寒风里
我们笑脸相认，拱手相揖

低下身子的天，伸出手
护着她，天下仍有粒粒色彩

地是另一只手
捧着她溢出来的一小块春光

天地之间，我看见
寒冬空下来的部分被她填满了

燃烧的事物

多有含羞的意味

允许时间在身上经过

空间被举过头顶

又伸进泥土

人间被翻成一本各自撇捺的书

我是另一片你

被带着温度的方块字

抱成书签

日子

从芽尖上露出来了
花瓣睁开眼睛
溪水照见她昨夜含羞
春风醉在怀里

那样一个好日子
风从东南来，牵着雨的丝线
从小巷里穿过，把醒来前
少年和梦放成风筝

从此。所有的日子
开始发芽，枝头生长翡翠
心事，都在静静等待
静待，暖风吹过，正在花开，

她站在三月枝头

故事里那棵讲古的枫树

我们彼此守望，又一起看过炊烟

红薯曾是故事的主角

喂养青黄不能见面的寒冬

手背落满冻疮的年纪

太阳亮得很短。日子熬得太长

一个人的伤口有树痂的痛

通往村外父亲小屋的路

一条踏实的归途

门口站着的石头上，竖排着熟悉的名字

一个个接近模糊的细节

一只漆黑的鸟驮着冷白的光

在石碑上，有一句无一句为细节打着补丁

树叶子上漏下来的夕阳

洒在光阴的缝隙。二分残缺，八分圆满

二
月

那棵桃树领着小路从她的

眸子里逆光跑过来

他们俩栽下后，去年开了头一回花

打开窗，他打开早晨的二月

经过窗前，风还在斜着行走

把窗帘合上

一对斜飞的燕子彼此靠得更近

她的脸上一句诗在二月就有了意韵

所有的二月都是为三月而来

春天终会去往深秋，果子

和落叶，都是光景

所有付出，是欢喜，也是期待

红尘

红尘薄，也足够
盛下一个光影里的中年

梦想走丢的人
幸好还有那段发烫的青涩

昨夜的雨
在今天的叶尖欲滴未滴
半个圆，刚好不用换鞋打伞

阳台送来晨光不热也不冷
刚刚好足够玫瑰掀开披着的衣裳

你出门的再见，不轻也不重
刚刚好够我触摸到四十年前的那枝青梅

戴栀子花的小女孩

阳光斜过来
女孩和花儿挨我更近了
挨着就够了。多么美好的事

风是体贴的
总是推着她们紧紧挨在一起
把她们，从枝头
认领回来的人，是多情的

话是多余的
没说出来的花事
从甜里香出来

如水的你

独坐中年的河边，细碎散落堤岸
而水一直往日子深处走
她们，唱歌，跳舞，开干净的花

一颗开在我童年早春，玉兰
有莲座的虔诚。你怀抱晨曦有仁慈的
拂照。绿了河岸和早起的脚步

那颗热烈的，洒到了夏日的肌肤
顺着你，吮吸的土地用拔节，扬花反哺
日子有了依靠，炊烟挺起了腰身

最沉的那颗，去到三月以后的季节
被你洗亮的弯月，正在收割十月的丰满
我起身把河流套上肩头，使出整个
中年的努力，也没能留住一滴水的完整

在你的童年上蹦跳，欢笑
开心的事儿，虚实
左右，都攥在光阴的手指上

时而大于我，时而小于我
几十年了，我一直在寻找正确的
角度。从书本到田垄
都没有画出一条合适的辅助线

直到走进中年
正午的阳光落在直立的我上
我们才有了共同的圆满

抢在夜色之前，小路拐了几个弯
终究还是被鸟的喊声拉在后边

瓷质的玉兰，少了些慈心，丢下叶子
打开的，是杯盏，是喇叭，也是光阴的漏斗

那么多年了，只有桃花依然落落大方
倚门就鲜活了一首诗，暖了自己，暖了三月

也暖了树下曾经的少年。月亮都来了
一句话隐入黄昏，沿口三个字，绕过高音区

通过时光的滴漏，支付了
四十年，风雨，追随，和守候

草原

月光不需播种。不用播种的
还有草原上，奔跑的风

绿色波浪，和牧马人的歌声
月光是一匹撒开缰绳的马

照亮夜晚，也深陷夜色，和夜色里
信马由缰的少年

他骑着白马，把长夜驮进黎明
驮进她的眸子，把一颗心跑成一座草原

把自己跑成，马头琴拉长的月光
和月光下停在呼麦里的草籽

君子兰

风来过一遍，阳光又在寻找
她们都有我的心事

祖先识风水，也懂命名学
那年外出学习，课上课后有过相见

再次见面，是十六天后的下午
阳台上，海棠和杜鹃用离去诉说无奈与哀怨

而书橱一隅的你，依然挺直腰身
五朵橘红杯盏，端着全家团聚的欣喜

我们喜欢君子兰，喜欢先人留下的根系
也喜欢君子兰一样的自己

我是自带大海的人
所思所念有着原本的底色

涌动的心事在
蓝的纸面翻动晶莹的花朵

一边散落，一边绽放
正如那年面对你的一瞬间

你的眸子里，我看见一片海在
另一片海里的沦陷，还在蓝里，没有上岸

我的思念是蓝的

继

续

那些被哭声簇拥着走了的人
是光阴里走动的汉字

在后山的册页上，从竖版到横排
行走，换了一个姿势

半山坡下来，那些流过眼泪的人
又被后来的泪水送远

在今年山径，去年的茅草和眼前的
泪水，是两行并排的文字，却互不相识

而村子被他们在族谱里一茬一茬翻新
日子又被村子一天天写出新意

二月的剪刀，断不了过往

也裁不了晃荡的旧事

这一点，叶子最有发言权

站在一切都随风的村口

我已不是局外人

离开的那年，一再回望

枫树下，你始终跟一枚落叶重影相叠

几十年了。风摘下那么多叶子

枫树又掏出更多的绿叶

可是。每回起风了，我都会

抱紧双臂

把自己抱成风的一部分

我用蜗牛的速度爱着

晚风把公园的黄昏从右边挪到身后

长椅上，她和他把整个下午坐进长条木椅

落日把她指甲上粉红

调成了他肩膀头上面的银辉

他们不管这些。此刻

一起坐着，是最要紧的事

不言也不语

被填得满满的日子，都可用来静静虚度

只是他掏出大白兔时

她慢慢地，慢慢取下满口牙齿

一边等，他一边浅浅地微笑

眨眨眼睛，才发现这笑声不是别人

看着睡在膊弯上的她

我看到了几十年后的我们

红月亮

我偏爱夜色胜过清晨
那个十八岁傍晚的草垛
藏不住暖黄的香甜
也藏不住两个年轻的懵懂

那一年我看到了
月亮也有害羞的时候
只用两片嘴唇轻轻一碰
她就跟我们一起脸红

几十年了，那么多的风吹雨淋
偏爱被日子养成习惯
昨晚沐后的窗前
捧起你的脸，我又捧起了

红月亮

你吹一次。枝头献出怀里的花儿
鸟们的私房话也是你吹过来的

瑶塘河里的水，都在暗自涌动
那时我和隔壁的她都还小

约好的夜晚，她总担心风吹草动
这是多么闹心的事，风一吹，草都贴得更紧

直到现在，几十年过去了
我还在傻傻地想，让小晨光的风再吹一次

看云的人

云也在看他

站在云影里
心会飘忽不定

他看云
忽而猿，忽而马

单纯的云，不懂意象
只学会了呈现

学不会看它的人
懂得留白，和隐喻

檐铃

比夏天急了一些。八月的风，
脚步里有回转的声音。

檐下走来，有了金属的质感，
也有了颤音，和熟悉的磁性与辨识度。

时光挂在锈迹上，放下杂念的人，
顺着檐的指向，天空更近，
流云真实得如想见的亲人。

就像昨夜月光回来的时候，睡着的，
和睡醒的人，听到檐铃又开口喊了好几声。

这已攀爬过的半生，
在远离老家几十年的山腰，
顺着山坡望去，一起出发的那颗星星，
还在目光里守候。

走过风雨村野，和许多分岔的山路，
一个已走过中年的人，
也走过了，
飞机和风筝拖着的，大小不同的苦闷。

蜻蜓总有我的快乐，
更快乐的是，村前年少里的那只萤火虫，
我和她，一起喜欢，一起追随。

都成了彼此的星星，
几十年以后，萤火退隐又一天的留白。
仍有一粒微红的灯火闪现老屋窗台，

扶灯人，迎风的泪花里，
我是悬于远方山头，一闪一闪的那个。

莲的心事

夏天盛产故事
草字开头的生活，莲没在春风怀里
潦草地发青。蝉鸣走进

瑶塘河的六月，日子漫长而洁净
袒开翠绿搂抱阳光
月亮枕着粉红铺展的趣事

脚下蛙声弹拨
流水，唱童年的歌谣
绿枕上的泪珠
命运之钟敲落的寒星

不能为你发芽
那就安静地长成你的影子

你莫言，我不语
请应允我，替你打伞

写一首诗，在心底

旧年的荷塘

已退进一幅画里

划过朱自清的

月色，我赶往明年的荷塘

披起袈裟的伙伴

手拈莲花，在塘中替我解经

清风摊开卷起毛边的册页

明月一句句读莲子糯白的偈语

读着读着，莲子深处

立着一芽绿玉佛

在秋的边缘

我遇见起身赶路的春色

爱在深秋

雨水过成了稀客

横着落在文字里也氤不湿纸背

却在枫叶上走出颜色

鹅黄。嫩绿。墨翠。通红

捡一枚握在书里

躺着的那些字都活出了亮色

一行行，新鲜、红润起来

翻开来的故事和场景，互相认识

挂在帘檐下的那些

让老屋的秋夜燃得静默又火红

樱桃

忘掉言语吧。此刻
陷落你的眼窝里就是刚刚好

晨起的霞，和灯下的含羞
都是刚刚的好。入口的酸，也是

喜欢樱桃。喜欢你放在
我手心里的，每一个清晨和黄昏

慢慢握起来，从没说过
怕一不小心说破，我们的甜就化得解不开

第二辑 骨子里的记忆

那时候。秸秆，稻草，和母亲一样

都在生产队里挣工分

灶间柴草是田间地头顺路背回家的

日子等不及晒干，烟熏火燎

母亲弯下腰身，对着

黑脸的灶肚膛，直到火苗抬起头来

烟火再次抬起头来时

灶台已脱胎换骨，天然气谈吐都带醉人的蓝

每当遇到窝火的事情

我会学着母亲，弯下中年以后的身子

行走的路，并非都源于意愿

而那些自选的道路

胸前的红花是父老乡亲预设的愿景

沿着出村的路口

每张笑脸都是枫树嘴的花朵

而我心里的花，落在村口

"炊烟是竖起来的路

云是村庄走在路上的心事"

四十年了

每遇一个路口

站立。静默。抬头

我总是望炊烟升起，看云在行走

犁铧喊醒泥土时，春天翻到扉页
手心焐过的种子捂住你的
体温，把自己，也把萌芽的心事

写进一亩三分地的诗集里
日子依偎着泥土拔节
大地的心事在手掌中扬花，抽穗

"这片土地曾让我泪流不止
它埋葬了多少人心酸的往事"

走进父亲写的散文诗
一句句曾被忽略的声音
唱响泥土金质的秋天

母亲

面对摇篮，俯身
解开怀抱的人
自带温度，色彩，歌声

希望去到梦的深处
究竟有多深远，确信，又模糊
芭蕉洒雨，凤尾竹摇落月光
没有带给你诗情画意

只有容易生长，早些开枝散叶
并不断
往枝头添设颜色和果实
而合掌掩起的茧

一生都在抗争中接受
大地上的荣枯，嘴说手掐的八字
春日的吮吸，秋后的催讨

这一次，为我的安宁，你的妥协，心甘情愿

放下仅有的一切

青丝，身体，和双膝的倔强

青铜杯

赤身弯腰的人
贴近泥土，用汗水淘洗筋骨
用骨头里的火熔炼心胸

握你在手的人，有马上挥戈的风光
也有对影邀月的风流

当无数的风雨之后，再一次出现
你已被生活供在养尊的高处

那些一生因你弯腰的人，在课本上
被方块字扶起腰身

拾级而上，老屋吮吸阳光

漫过桌椅，茶几

厅堂上，爷爷奶奶的嘴角

眉梢，明亮慢覆泛黄的旧时光

咬红父亲手指

烟头，一口一闪。而隔壁的柴火

噼噼啪啪，跳出灶膛

烟火的彩蝶，在母亲前额起起落落

出入风雨，燕子肯定看懂了什么

穿过光阴绕梁而来

着长衫的照相师傅揿下的快门

裁剪一幅流动时光

没有一个季节不被修辞

其实，季节是个动词

春天唤醒小溪

褪去铠甲，翻着跟斗，撩拨两岸

杨柳俏过隔壁二丫

一排排翠齿咬绿了乍暖还寒

二丫，水牯，和八哥

跟着田埂各自忙碌

桥头石磴边

旧年的草籽探出醒来的鹅黄

而我正握住春阳

替二丫，画一只彩色的蝴蝶

家书帖

不敢轻易动笔。如果可以
今夜，我想裁半张夜空

不写星星，它管不过来人间那么多冷暖
我想写，蹲在墙头的马灯

经过风吹的，都是它的故人
爷爷走后，常常趴在父亲的扁担上
看夜路长短，照谷物归家

还要写一盏灯，墨水瓶举着
缺少照顾，矮小的身板，在风中

羞怯通红，一步三摇
领着我，推开门走进课本
走向村外的天地

天广地阔，一些人和事，成了风的
故人。而我远在千里外

面对夜空，依然不敢落笔

四十年前，在家乡

看过的那轮明月

今夜，还在照看家人

感恩

一些水在接受阳光的安抚
更多的，沿着河床奔波岸的心思
和远方

就像寒风中，村口枫树枝头的叶子
替盼归的眼睛点亮绿色灯盏
而更多的叶子悄悄地走下高处隐入村前小路

中年之后，走在这条长高长大的路上
想到要感激的太多
感激父母，还留给我一半的恩宠

让我喊得应娘亲
感激已过的半生，纵然坎坷，还留给我们
那么多未到的日子一起相伴

让我们可以用来，反复提及
一起经历的事情
就像四十年前，枫树下，流水旁，两个小孩

那么简单，又那么干净

树枝并没有撒手

那些叶子自己松开，放下

经历春秋的枝头

空出自由通道

日头把温暖与光影

送到根上的泥土

和潜行的根须

以及蛰伏深冬的虫声

让我想到了寡言少语的二大爷

落雪记

雪走在江南小年里

那么多年了，雪还是原来的

还是那样冷冷的容颜

照片上的父亲也和那年一样

扫完前院的雪，又带我们

从雪堆里扶起妹妹喊来的那个雪人

同时还记得招呼喂鸡的母亲

"莫忘了，顺手给墙根的麻雀丢几把谷子"

隔着光影，雪

已不是当年我们的模样

飘过的他们，枝头和田地留不住脚印

院子里扫雪的人已离开多年

在十一楼玻璃身后望着飘远的雪花

对视久了，分明看到

当年那个站起来的雪人，在小院等待

那群麻雀，和扶起他的人

母亲是最忙碌的人
喜鹊来过好几趟
都没有遇见她的身影

难熬的麦芽，正在慢慢变甜
米粑熟了，她们都长着好看的腮红
红芋角，葵花籽，花生
炒香了全村的家长里短，和童年的馋虫

新缝的鞋袜衣裤，整装待发
只是母亲的罩衣还缺一只袖子的布料
离过年还差一个大寒的距离
这中间的路程，全靠父亲，一脚
又一脚地挪

此刻，站在排满祖先和神明的
堂屋中的父亲，供桌上
斜过来烛光，压着他那壮年的腰身
看得出矮了一段光阴

随着合十的双手，躬下身去
又向年关，叩近了
一个落日尚未推远的黄昏

我来的时候，没有惊起你

其实，我也没有走动

月影和黑夜联手构建我们的场景

老人有言：梦是说不得的

这些年，总想起母亲腌菜用的石头

时光，一口总也摸不到底的缸

把自己压成一块鹅卵石

却怎么都压不住，渴望起飞的翅膀

缸里腌制的光阴

有母亲的技巧和心性，也不阻止

慢慢磨钝棱角的我，把天鹅捂在胸口

关于爱

风，有少年的青春期
用偷跑经过你，撩动头上的蝴蝶

时光长着风的翅膀
再一次转身，光影斜出，人过中年

柴米油盐喂养的日子，也喂养
日常的习惯。你习惯了
蝴蝶起飞和落下，也习惯飞来又飞走

而我习惯于
风起时，跨出一步，侧着的
身体，微微倾向你

面对摇篮，俯下身子解开怀抱的人
自带温度，色彩，和歌声

去向梦里的希望，究竟有多深远
确定，而又模糊

芭蕉怀中，雨滴半圆而明亮
月光摇落凤尾竹，你的夜色有了画面感

而无法合得严实的掌心，掩起的茧
却来不及掩藏起触碰的疼

一生都在抗争中接受。摇篮曲
无声。为了唱好

你放下仅有的：青丝，腰身，和双膝
却如此，从容，且安静

远

方

多么年轻的心事

莫测的距离，咫尺，天涯

背靠背，面对面

无关行走。有人交付一生

换不来抵达

老家屋顶上行走着蓝薄的炊烟

娘的念想一餐一餐地温暖

而我们的远方一节一节地攀爬

远方之远，远在心尖之上

愈沧桑，愈青涩

种
庄
稼

谷子是站在村外地垄里的庄稼
也是在母亲手里长大的庄稼

所有的庄稼，一生都是草的邻居
为离草再远一点，母亲也动用了一生

没上过学的母亲懂得等量换算
她用镰把身上的光阴换成庄稼离草的路程

而她走了之后，那些草们
又折返回来，站满了母亲侍弄过的地垄

此刻，站在这些地垄的中间
我看见，自己是庄稼，也是青草

打坐的风

风吹无明。裁剪过二月
又温柔轻抚三月田垄早行的脚步

举起和放下，都牵挂冷暖
解开花苞，也捡拾落叶，托扶尘埃

那次我看见你弯腰从柴垛边过来
抱着院子里晒瞌睡的奶奶那绺白发

有一下没一下地摇晃
光阴里，仿佛你们是在彼此催眠
又好像是一起在打坐

写给日子

炊烟在村庄上走笔
一天三顿，母亲把温饱写给日子

灯影里，穿针引线
母亲把冷暖和牵挂，写给日子

我们是母亲写给日子的
喜讯，也是日子写给母亲的回信

清晨即景

煤油灯叫醒了鸡鸭，它们比小鸟更早出门
给晒衣绳穿衣裳，姐姐悄悄把花短裤向旁边

移了又移。就像父亲习惯跟水烟筒咕噜后
肩起犁和几声干咳，跟随老水牪走淡了

迎面而来的晨雾。娘是比风中的树叶还要
忙碌的人。几把谷子哄过院里的七嘴八舌

圈栏里大肚贪吃们一个劲地嗷嗷
火气旺的锅灶正在冒烟。只有我是欢快的

擦着唇边的糊糊走向上学的田埂，边跑
边回头，看见村庄上空站起来那么多炊烟

往头里奔走。直到走过许多年后的今天
我依然相信，日子就是这样一天天暖起来的

芦花雪。是急出来的

蒹葭苍苍。我背诵小时候的《诗经》

奶奶嘟囔着，又是露，又是霜

就是没有地上的事，真让人着急

编芦席的爷爷起身，收拢

一把余料填进了灶膛

对奶奶说，你去看看屋顶的烟

直了，下面还带着火星。奶奶大声说

多少年过去，我还能听到奶奶的声音

人过中年，在时间的岸边站成一支芦苇

也不忘替老屋抱紧尚存的星火

荒草

靠近荒字，就有光阴感
就有了人间的真实

披上她，草也有了况味
有了意韵，和色调
就成了人间的一部分

丰满尘世的父母，人间路过，学会了
荒草，如何怀揣苍凉的火焰
时空有过荒凉，善良不曾荒芜
风吹时光，也吹时光的荒草

一百零一次站起来
荒草，起伏着荒凉里另一种生机
走进中年，从他们身上
我看到了自己，也看到了亲人

稻子弯腰的时候

母亲跟着镰刀一起弯腰

父亲躬下腰身

弯成一根孤独的扁担

颗粒跟随一起回家

我跟随着走过了少年

昨天中午，一颗饭粒

淘成我年少的模样，从一个

中年人的饭碗跳下餐桌

而我没能紧跟弯下卧着骨刺的腰身

夜里睡着的我

又去到了上初中时的课堂

学着那群小羊，一边喊着妈妈

一边弯下近于僵直的双膝

绣花针

娘家带来的。母亲手里的针，

总在我们睡下才出来，

用灯盏的光和后半夜的月色，

穿针，引线。

把茅草屋里漏洞百出的一日三餐，

和我们用旧的日子，

平针，扣搭，锁绣，缝补得体面，光鲜。

也有涩针的，她抬手低头，

在额前擦一擦，

最难走的针脚，也会变得通顺，平展。

记忆里，只有木刺扎进我六岁手指那次，

母亲才在白天取针，将针尖

在嘴里一抿再抿，拿针的手一直哆嗦，

而阳光下，眼里分明眯着泪花。

几十年过去，才体悟到，

人间行走，你我都是一根针的事，

攥在母亲手心里，

最钝，也会开出花朵。

水草

水是外来的。

在瑶塘河，草是原居民。

外来事物强留不得，

上天入地，它们深谙门道，和套路。

而河水里的草，自站稳脚跟，

只顾呼吸和生长。

沉浮，摇摆，低头，弯腰，

从没有嫌弃所在的水。

鱼吐泡泡，水鸟来过又走了。

今年的水草总是站在去年的位置。

这多像我的父老乡亲。

在尘世的河水里，他们始终守着草木心。

瑶塘河的水满过，也干过。

那些顽强的草，有水就活过来。

土豆不光能填饱肚子。

这是老班长，一个双腿留在1979年

留在彩云之南的军人，告诉我的

土豆还会密语，和蜜语

他字正腔圆重复着：土豆。土豆。

我是———！

那一刻，脸上已看不到曾弥漫的硝烟

而面对这个题目，我却看到了

失去双腿的他，像他种的土豆一样

如何疗愈和支撑起当年弹坑屡屡的土地

还看到了，他和土豆

如何种出美丽乡村，和舌尖上的中国

以及，如何丰满着此刻的春天

木棉花

几十年了，我还没有完整地，
登上你留在的那座山。

有时山路，被深夜的流弹惊醒，
有时是南坡上，刹那挤满红的、白的花朵。

那片雷区，本来离你很远，
在南疆，在老山，在麻栗坡，在1979年。

而你说，换一种算法，就很近：
那里是国门，
进门就是家园，就是父亲母亲和姐妹兄弟。

只是，没想到，你的那声卧倒，
留在二十二岁的早春。
而在你倒下的山坡上，每个春天站起来，
都鲜艳，洁白。

第三辑　乡音　乡味　乡土情

日落乡村

说及枫树举起的日头
枫树嘴始终是晚辈，我永远
是母亲的孩子

田间地垄，日头眯着母亲的眼睛
墙头斑驳，猫着枫树的心事
岁月的鱼尾溢出枫树嘴漏风的方言

风过处，山漾着水的草绿
水快递山的行囊
割麦。插禾
我们葳蕤母亲的庄稼

枫树每片叶子
都是一帆晚归的日头
枫树在路口
看母亲细数晚霞的笑声

月光落下来的时候

窗影里，初叶依着枝头侧了侧身

这让我想起，那个一生躲闪树叶的人

——把妹妹欢笑扛到肩头的人

弓腰没有挣直夜的咳声

一亩三分地里，自己侍弄一生的庄稼和

草木，也遮不住瘦弯的月影

那么多年，每回见到新来的庄稼

和草木，我会想到轮回

仿佛咳嗽声还在耳边

就会从万物中重获欢喜的眼泪

遇见芦花

故乡的水边
芦花的招呼还是枫树嘴的口音
当初相遇，我还是少年
父亲照看湖田，我是顺带看护的芦苇

田里秧苗，湖中芦苇
高低都是父老乡亲抬头或弯腰的日子
如今，时光一去四十多年
土地流转，村庄种出城市的模样

同是进城，芦苇比乡邻更金贵
就像我的花白与你的白花归于不同朝向
就像清明途中的遇见

纵然刀砍火燎，你还有个"看来年"
而我，无论怎样跪拜
那个看护我的人终不给我一个可看的来年

不再只是夜的方向，和温度

黑夜里，离家久远的眼睛，和脚步

都在追寻

那红色跳动的暖一直就在心头

多少年前

枫叶离开村头枫树枝丫时

老屋南窗，一双手举着灯盏，站成夜的眼睛

双臂预习早春的枝条

无法完成剧本中预设的飞翔

从枫树脚下的小河

起身，枫叶伴我奔波远方

站在枫树嘴村头

最南的窗，醒着一盏灯火

苦楝树

不能做梁，打柜
我儿时的伙伴
细碎紫白的花，如我
浅淡微苦的童年

中年住的院子里，有
五棵香樟。夜色中
感觉是老屋前的苦楝
亲如家人，甚至

不肯说给母亲的心事
四十年后，也断续地
漏给了他们

如今，父母都去了后山
他们的房子，正来自
老屋门前的苦楝

岸柳抽芽，一河一河的翠绿
涌进我的眼眶
风一撩，满天的山峦二嫂般漾着
氤氲，缓缓淹没我

舞着小时候放牛的鞭子
我奔跑在河堤上
远嫁的小姑，蒙着红盖头
哭声渐渐隐入

另一条河堤的尽头，爷爷正壮年
他抡起大铁锹
在冻裂冬天的河床，一锹一锹
垒起又一季春天

菜园

那时，瓜果不需催熟

草木灰通着人性

童年时光在瓜秧秧里藏猫猫

种菜的地叫菜园

它总是这样神奇：种一年四季

长一日三餐，妈妈的

土布头巾，起起落落是花叶间的蜜蜂

写实的菜畦难得留白

染了霜的白菜只白到后脑勺，翻不上额头

豆角一辈子都是长短错落的牵挂

月亮菜露出月牙儿却闪着紫蝴蝶的光

黄瓜是隐喻的高手，任它变化

都是戴黄帽披青衫地羞涩

暖风驮着微雨从东边来的时候

妈妈教我跟着虫眼捉虫儿

如今，我是一粒大青虫子

被妈妈捉过

又被妈妈盼着

枫树嘴

一条小巷站着，和一缕炊烟
斜着奔跑，有什么分别

路过枫树嘴，风笑而不语
多像我的童年
空着肚皮，从小巷把笑声送到村头

冬日的阳光软糯
隔着炊烟跟我打招呼的油坊
如今，无油也无坊

梅花看上去是二爷站在村口
当年的榨油高手
身板硬朗赛似那忘记年龄的枫树
树梢上，戏耍打闹的
风和炊烟，没留心穿过的光阴

而那浑身皲裂的古树
依旧，一边落叶，一边抽出新芽

秋风瘦了芦苇

时光走来我的影子

风返回南方时

总会提及临行前的晚上

听家人安排

跟叔父学木匠，该有多好

在什么都贵的城里

靠南墙，装一扇木头窗子

想家的夜

就抬头看看

枫树梢上站着的月亮

落叶给风铺一条回乡路

风，回没回到故乡
很多的时候看看落叶就知道

它的正面藏着太阳
背后却是透过骨骼的风

我还在别人的故乡养活自己
也养活着不忍心长大的旧时光

落叶路过时
我是等待远方的蝴蝶的翅膀

此刻，我羡慕那句漂洋过海的歌词
而静谧喧闹了我心头风的模样

乡愁

来来回回的月亮仿佛就是用来
圆了缺，缺了再圆。装了太多心思

脚步走得太久，心会越来越沉
立不稳的影子怕的是人歌人哭水无声

那年远行。不忍打包母亲的目光
怕路上一遇到风，老家就会落泪

出村口前，我把身上的灰尘拍了又拍
望牛墩的红芋需要土的掩护

门前流水一直放在稻田脚边的小溪里养着
小蝌蚪替我陪着萤火虫看禾青谷黄

在枫树下站了许久的人没带走一片叶子
西边的竹子把影子斜在老屋的胸前

没有握住的笛声比席慕蓉的更清远

如果能扯一缕篱墙边打碗花举着的炊烟

捆起背囊，那么多乳名就不会走散
在时光的对岸

掏出枫树枝网住的蝉鸣
异乡被谁唱成了故乡

我动身那年的早晨

挂在枫树枝梢的那些鹅黄青

是昨夜未干的泪

是我还来不及足月的十八岁

是老屋巷口

一双眼睛越藏越深的心思

离开是成熟的开始

你用青涩把我填满深深浅浅的脚印

枯落是叶子的宿命

我们的枝头以晴空的方式坦然接受

挥手不是作别

巷口如卯等待某年归来的榫头

比春天还浅一点的眼泪

在枫树额头青了黄了。黄了又青

四十年后的某个秋后黄昏

我们再一次看见，今夜枫叶，眼里分明挤满血丝

素描

镰刀的弧度
恰好够上了挺胸或弯腰的线条
庄稼就起身奔赴下个轮回

大地铺开的稿纸留白处那条小路
由浅到深，从田埂那头
不慌不忙走来千里以外的秋天

那些没走的稻茬
是我的画笔，蘸满天月色
一笔一画，却画不成庄稼。也描不清

小路上，走来的亲人

那年的暑假很短

就像当年我们穿过的衣裳

总够不到手脚

围着村口王塘，不用撸袖子

我们都能打很酷的水漂

一块随手捡起的瓦片，驮着

毛绒绒的笑声，一圈一圈地

荡到今年假期

那年的暑假很长

抚摸过当年衣裳的阳光

在王塘坝

笑容被晒得花白

一圈圈流水

被打过水漂的手

一层层叠成一座座高楼

站在其中一栋的堂屋
我分明听见了当年自己的笑声

其实。当你亮出形色
废墟已开始退散

"有青草的地方，就能活命"
在枫树嘴，这么说的乡邻
生前和走后，没有哪一个能和草纠缠得清

枫树嘴也曾是一片河边荒滩
青草。枫树。和枫树嘴都是后来的

他们明白：流水的时光里
就算脚下是一片废墟，一株草
也会活出春色

点亮灯，明处的光更需指引
坐下来，影子用倒叙的方式领着我
沿着灯火奔向光影里的童年

灯盏坐上门框，暗红的暖塞满两个屋子
堂屋饭桌前，我写作业
母亲，和织机把哐当掖在隔壁

不在意哐当，父亲和手中的马灯
他们用夏夜发烫的脚步
扑闪扑闪着，把萤火虫的欢喜带回家

那片蛙声和后半夜的风
被灌进了村口正在扬花的稻田

像秧苗一样，依然忙碌的
是熄灯后，旧墨水瓶举起的小小火把
循着光亮，能看见教室窗外

拐着弯，通往夜色那边的公路

那里有奔跑赶路的少年

走过几十年的光阴

再看那年的灯影

我们正努力地老成一盏马灯

从大塘坝，或聂园菜地

到那年望江中学的三号考场

我花费了十八个春夏秋冬

回到枫树嘴，我却

又用旧了二十三年军衣上的绿色

和学不会拐弯的年岁

以及，不得不拐弯的征途

记得，那一年

走塘坝，过菜地，我拐上望牛墩的公路

村口的云，来来回回不肯离散

如今，一再瘦身的大塘坝不敢相认

聂园依然还叫聂园

只是在菜园里喊你，云看见我

正拨开已经连片的茅草

村口

村口稻田，萤火虫飞过夏天
在罐头的旧瓶子里
照见我们兄妹的欢喜

那个晚上，我和我看见的
都长了翅膀
弯弯的田埂通往阔气的马路

会嘀嘀喊人的甲壳虫
落进搂着小洋楼的大院
打开车门

下来的童年
找不见
萤火虫，和住过的村口

枫
树
嘴

99

村东枫树摇晃小手作别深秋

练习簿上，枫叶还在起舞

雪花。记得我的少年还这么写着，画着

不是说我们的青涩，和干净

只是想让冬天尽快到来

枫树下的我们和枝头的枫叶

从春天出发。此刻，我们从不同的角度遇见

当年的青涩和葱白掺进了四十年时光

而你的眼眸依然深如我描了又描的

漆潭。里面那棵枫树仿佛比我更兴奋，抱着

暖亮的鹅黄，从深处慌张地迎面奔来

枫叶落了一夜

路过树下，清早的身影

是夜里落过的

我是其中的一片

落叶坐着的流水是位勤劳的搬运工

叶子上的雨水是另一位

老人们说，她们有菩萨的慈悲

大雪走后，她们领回来的叶子

把春天戴上枝头

路边被雪揽在怀里的枫树嘴

是安详的那片

披着干净的光

篾的筋骨，竹叶的肌肤

幕布上那些打着补丁和绑腿的人

戴着斗笠用红缨枪和大刀

四次来回一条大河后

又走过，雨吹雪的草地。这是

儿时的记忆。后来的少年，进了村小的课堂

遇到一个唐朝的老人

背着斗笠坐在一条河上用雪花

救活了一河水和一首诗

而在我的心目中穿蓑衣的父亲

跟斗笠才是正宗的标配

他扶起犁锄，能播种谷雨

身后脚窝盛满青绿

镰刀跟着他弯下去

再起来。园里青竹高过黄竹

老屋住进楼房时

母亲欲将墙头上的斗笠送上阁楼

就让他守在院子里吧

父亲说，他啊，一身筋骨缺不得风雨

伤痕，已结痂是明喻，门后
有更多隐喻
肌肤痛。有面子上理由
和太多路径，抵达落日后面夜深人静
以及一个人内心的苦

老屋站在宅基上
披着用旧的暮光，穿过四十年风雨
日子和生活，各有平衡术
父亲有扶持犁锄翻耕生活之道
母亲捏着针头线脑缝补日出和日落

房梁上燕窠里三只新燕
小嘴张开嫩黄叽叽喳喳不停
不是明喻，更不是隐喻
刚刚睡醒的白从亮瓦上斜了过来

积雪下的麦苗

这一刻，年
就有了，各自的期待

再旧的老宅
脸上都有了新的容颜

调皮的焰火等不及
嚷嚷着点亮守在天空中的星星

守岁，当有一场清醒的雪
花朵大过席的那种
再大一点儿，梅花就用喜庆打开院门

天地小了下来
落进院落的辽阔里
进来的，还有一株麦苗

在雪的被子下面
入梦，是用来丰满的事

过
年

身上披满了雪花的人
有了足够的从容

在预演狂欢的人潮中
我和一支没被点亮的蜡烛
彼此独自享受

灯笼闹红了村口时
出走多年的小路正领我归来

鞭炮喊起来，那是
有人进门，也有人出门

崭新的枫树嘴
祠堂里挂满了初来时的闹热

祭祖

人间总在被改变

燃香，烧纸，手合十，心有所念

是被探望的这些人传授的

只是跪拜的架式，时间和空间有了新的建构

他们回到了亲近一生的祖地

跪拜的人却离田地久远了

膝盖里的痛，有穿过高楼的风声

从风里抽身回来，在田埂地垄记忆里

驮犁扛锄的人，越走越亲近

正在行走的人能触碰到各自的念想

如今去田地，小路一出村就走进

笔直，宽敞。但无论哪条道上的奔波

经过尘世，只有一条向前的路

此刻，我们和香火看到住在另一头的亲人

而他们身前那页石书上
找不见名字的一群小辈分的人

正用网络，和城里口音
摆渡村庄的方言，说着新鲜的想法
无需说原谅，香火明灭
风里草灰，吹来吹去，聚散都在不断变化的人间

春水谣

水醒过来。脱不掉寒衣的鸭子
穿过一句诗
传递着时光深处的春讯

岸透视般奔过来，怀里的天
在三维的空间里蓝着深邃
踏着旧年的山峦，新到的春
在枝墙，和草坝上流淌

水牛，犁铧，和挽起
裤腿的人，赤着双脚打开流水
白云又一次荡漾，那些花瓣漂移的

粉红，起伏着明亮和生动
柔软的水，却不问高下
靠住大地，不抬头直往实里走

土里刨食的人
一亩三分地的日子，如春水
唱着歌谣

年尾走到年头，雨

翻越旧山河，落脚洗刷一新的

枫树嘴，落入初一的清晨

当年引来山河的人

一直是早行的人，顺着晨光

他们把村庄打开，在扉页掀动犬吠鸡鸣

那条河喂养几十年的枫树嘴

应和着他们年轻时的心思

落在昨天河床上

淋湿他们的雨成了今天的河水

跟着流水看过去，母亲拎着大公鸡絮叨

小黑围着外公在河边打转

他们看到许多陌生的归来在村口被一一认领

就像那岸边的枫树

一边送走落叶

又一边，不断地掏出新芽

又过回龙路

路在叫回龙宫的地方，调头
一个唐姓县令在万历年间
用一座宫守住龙脉
多年后的1959，望江没有随之东流

没流逝的，在雷音塔顶，在校史楼
走过回龙路的人
从清廉路，经和谐路，回到太慈路上
通过书香名邸就能抵达名人苑

愿景和文字，自古至今，从庙堂到坊间
穿朝靴和打赤脚的，都如此简单
直接。回龙路口那几棵没有远走的老树

看到人间的路
那么多沟坎和艰辛，而那么多的人
临走前总盼能回头再走一遭

家乡的春总有不同

几十年了，红花草和黄苦菜仍然记得

瓜菜代的年月，枫树嘴也不失温饱

如此温暖的事，还有许多

直到现在，回到村子的那些少年

跟随村西头的落日，会看到

当年生产队的田埂上，水牛拽着绳子

后面跟着肩犁扛锄的亲人

他们已随土地流转走进了美丽乡村

曾经的少年是草籽菜种

他们用花朵和绿叶打开村庄二月时

枫树嘴左右都是春天

烟花

美好事物，时间之神都给予向上的空间
土生土长的烟花也能从地面旋升天空

儿时的枫树嘴，日子用指头掰着过
鸡毛换糖，烟花点着也不撒手

时间有技巧之术，途中烟花各有姿色
归来，老宅用崭新阳台为旧时少年打开视觉

看当年公鸡母鸡刨食的山坡建成了健身广场
新式烟花把年久的愿景摆在宽亮之地

不用谁起调，声光电，各司其职
枫树嘴头顶正上演一幕幕美丽乡村的好戏

万物返春。听着故乡枝头的喜鹊
总有些许遗憾，落寞

四十年的光阴被月亮一弯弯削薄
隔不开两双眼四行泪的对流

神收回她给你的声音
攥紧的手说着两个男人十六年未完的话

老家

遗忘。是值得欣喜的
放下叶子的枝头
有更新的叶子站出来
喊醒一个春天

目送我离开的旧房子也已离开
门前的苦楝让给了桂花
目光在新楼阳台的铁环上看到了我的少年
和跟随父亲一起追过的风筝

只是它把当年扎风筝的人
放在仰望里
顺着那条线，有时能回到老家
有时，却漂得更远

月夜，是少言的汉子

窗帘相拥

隔断了窗口里外的对话

一只夜莺短歌里，黑沉向深处

深如一部长篇

路灯打开一条街的细节

一条山路

雨洗泥土，洗枝头，也洗涧水

和一个人的目光

醒过来，山站在一个新亮的早晨

南坡总是忙碌。湿漉漉的光

湿漉漉的鸟儿对答，沿小路蹦跳，奔跑

奔跑的，还有追着晨光念书的少年

村庄头顶炊烟是另一条引领向上的山路

路上，他们挑逗过蚂蚁打架

又学蚂蚁如何跟一捆柴草与自己较劲

幸运的是，柴草燃起了新时光

炊烟亮成云朵，山村把自己搬进了一句诗里

空椅子

时间也有不经熬的
一把木椅子熬空了一生的光阴

如果把时光调成慢镜头
枫树嘴也是一把空荡荡的椅子

祖先们，如他们割除的杂草
从伤痕里转身，走进另一个春天

开垦的田地空出另一把椅子
父辈们用汗水种庄稼，也种自己

直到把自己种成田地的一部分
当亮瓦上的阳光又一次走到堂屋中央

透过尘埃的起伏，我分明看见
木头框子里的你正端详椅子空出的身影

故乡的月亮

小时候，月亮住在村头。隔着
水塘和稻田，我们是邻居

清晨俯下身来，姐姐把月亮揉进衣裳
趁着夜色溜进月亮，哥哥洗自己

提萤灯，撑流水，我们一起捉月亮
追着时光河，撑过了四十年

双脚再快，追不过光阴的水流
群楼中扁薄的月光，已是难得的相见

每一次相见，你是来自故乡的亲人
我是被那扇儿时窗口眺望的一河期待

村口的枫树

枫树已出远门。那是在村口站了百年之后
他住进了一个叫枫树嘴的村子
是否仙风道骨，后人不得而知。只晓得
有没有风，叶子都在自行其是

落的时候落，该飞的在飞。枫树管不了
就像村上的人，能走的都走了
走不了的，心也在走。犁一蹲墙根时，就走了

村子还没有被风吹塌。以前是，枫树
还站得动，如今是爷爷奶奶的拐杖在支着
传说，拐杖是枫树上的一根枝杈

还有一种说法，拐杖插入泥土会长出新芽
如同已经出走的，和准备出走的人
活着，或死去，都牵扯着枫树嘴

还是小木匠时，木匠在村口等

成了枫树嘴的木匠后

十里八村的乡邻，在村口等

等的时候，人们会说起一些事

也会说到熟悉的

吴家宗祠大梁，老林屋庙堂斗拱和榫卯

没人提到斧子，刨子，和墨斗

就连儿子去省城参加古建筑修复都不提

嫌跟不上电动的进度

跟儿子那次行前交待，是他七十年里

第一回榫卯不合的活计

站在村口，扶着出生前就等在这儿的老枫树

老木匠张开的嘴没有言语

老枫树一边落叶，一边掏出新芽

麦田里的稻草人

你是另一个我。站在自家麦田里
母亲替你穿上我的旧雨披
放牛用的麦草帽，父亲给你戴了
而我替你挥舞金剑的锋芒

多么快乐的事儿，巡视这暖黄江山
麦子一垄垄地低头，他们
是在集体认错，更是整个地臣服
也有恼人的事情。不是

解决温饱后在我身上撒欢的麻雀
和他们叽叽喳喳的炫耀
也不是吹来吹去，把又一轮落日
吹到佩山那边的风

麦田里的事物，都能重复开心的事
只有我不能
不能让父母再重来过一次

月出东山

人间江湖，多是驾一叶扁舟的渔樵
想不到抱着月光过日子的事

像我的乡邻，在东边的山上种谷子，也种稗草
扶起田垄，也制造沟坎，和圆缺

而用旧了东山的江湖，总是个动荡的词
月亮落在他们身上反射出不同的光

只是后来的人，在月光下依然有当初的词性
翻过身，月光依旧出没今日的东山

替铁锤弯腰，站立的人
叮叮当当。铁锤说他想说不便说的话
有时着急了，通红的
铁用全身的迫切替他大喊出声

他经手的菜刀，镰刀
让沉默的日子开口说着家长里短
犁耙，锄头，和铁锹
倔强着他的性格，和脾气

他们弯腰，种子
一句句，都是他的心事
站起来时，田间地头
绿着，长长短短的牵挂

直到新农村来到庄子
田和地相互联进一张看不见的网里
炉子歇火无事可做
不再弯腰的他，习惯性地趴在电脑前
翻来覆去点击带铁字的窗口

蛙鸣

有些事，努力只是用来一再证实缺失
你填空夜晚的声音，也是

月亮静静地摇，斟满了一船的宽容
我知道，大嘴难言，并没有影响你们什么

我们是打小的伙伴，一起拖着尾巴长大
一样的借着夜黑歌唱。不一样的

你让一首词有了漂亮的上阕，而我用旧
几十年时光，却随水打转，不见小桥

房子是从承重墙开始空的

父亲走的那年，就佝偻了身子骨

母亲离开后，灶膛空了多半

烟火，灯光空出了穿针引线的身影

支撑过影子的墙壁慢慢漏风

每当回去之前，我都是乖巧的泥瓦匠

用记忆里父亲传授的手法里外粉刷

再用母亲的细致，勾缝、打磨、抹腻子

不管我怎样修补，填充

每次离开时，我是另一座房子

被回不去的光阴，一缕一缕地掏空

又见芦花

湖边的芦花

已不再与风相互撕扯

水边生长，学会了顺从

风不再是心上的事

让风在头上歇成花朵

把日月抱成怀中的灶火

这让我看到了我的父老乡亲

几十年过去了

在抬头，和弯腰的日子里

他们是另一丛芦花

最终都会长成枫树嘴的亲人模样

草木谣

老屋倒后，茅草一再扩张地盘
苦楝树，一年比一年高大

叶间摇过来的阳光
晃现草丛中瓦砾，提醒我

老屋换了一种姿势
迎候鸡鸭，鸟鸣，和风雨

风从面前经过，草木弯腰、起身
动作熟练，如同我的父老乡亲

不同的是，无风无雨
扛着日子的腰，习惯了风吹茅草的弧线

像屋基上的苦楝，因为果实
小个头也要开出花朵，苦滋味也要嚼出甜头来

这让我确信，世间路过的人

都是行走的草木，都在

用尽一生，唱着各自的歌谣

清明。我回到老屋跟前
门口的河流还在沿着来路退隐

少年的裤衩还藏在岸边树丛
我们还光着屁股和流水一起嬉戏，打闹
笑声还和水花一样，清澈，透亮
母亲的辫子还没有盘起
还在用河水洗衣洗菜，洗及腰的长发
洗桃花的胭脂和胭脂一样脸红的悄悄话

还是毛头小伙的父亲，愣在水跳上
忘了到河边的自己要做些什么
只有那头水牯还是一如以往的憨厚
不知是不是看清了尘世的事情
每次河边喝水，都要抬头喊出几声
然后再慢慢送上厚实的双唇

这让我相信，人世就是一条长河，所有的
来去，只是其中的流水一段

被记得的，不仅是它曾带走了大片大片
落花，还有它载动的当下
和无言静水深藏着的某个人的过往

牵牛骑着篱墙吹喇叭的时候
蒲公英顶起了新织的盖头
村前小河正在丰满。断桥是旧事
不需提起的，还有那把伞

雨水是时值最金贵的回头客
带来了许多新的消息
也制造着更多新鲜的事儿

园子里的菜薹起了花心
日渐明亮的柳叶薄了一屋防晒霜
隔壁的二妞脱下夹袄
换上了去年我说好看的花衬衣

最厉害的还是大伯家的二哥
打着赤脚，把自己和咬破春天的稻种
一起种在秧田里

火车

已经走出很远了
呜的一声拖完了它漫长的尾音
小时候的火车
走出了我穿着哥哥旧衣服的童年

也许褂子太长，也许
红薯搭伴南瓜的日子过于单薄
脱下绿外套的火车在努力奔跑
一再提速。动车，高铁，时光走上了

无砟轨道。通过绿色认证的紫芋跟青瓜
牵手走出村庄，走上"一带一路"
还记得二大爷头一回跟单随车时的喊声
快看，快来看哪，枫树嘴在跑

锁

当初相识，锁并不这么寒凉
铁打的身子骨，进出都带着人间的烟火
那时光，我们都还小
掌心也小，想要握在手里的东西也少

凭票供给的日子早晚都比较单薄
那把找不到也懒得找钥匙的锁，每次
都是装模作样地斜在锁扣上

母亲说：都会有不应时对景的当口
要记得给左邻右舍和路过的人留个方便
一口水，一勺盐，一片阴凉
让那时的人间奔波简单踏实不需攻略

不知不觉，房子长高了人长大了
手头东西重了起来，铁打的也不够分量
密码，指纹，瞳孔，能想到的
都塞进了锁里，只是你低下头俯身贴近
从锁眼里瞄过去，却看不到锁芯

远方的炊烟

在四十年的距离上停下来，

还能看到，十八岁的那个早晨，

炊烟拽着老屋，

跟在身后，一步步，慢慢弯过来。

时间长一点，

就看见了，灶前的母亲正弯下腰身，

借用添柴的手势擦着眼睛。

在再远一点的望牛墩，

还看见，棉花蒿子跟着玉米秆子，

弯向柴刀，和向柴捆弯下脊背的少年。

当再一次站起来时，

草木也从柴火中抽身，绿成愿景。

顺着不用拐弯的景观长廊回望，

漫漫的路，已慢成了炊烟最清亮的部分。

脚背趴着稻草焐热的日子，

不能触碰。

会翻，会洒，会碎了一地，捡拾不起。

一片叶，一湾水，一钩月，

一句乡音，或一把青草，活着炊烟的起落。

稻草抽身柴火，远离灶膛。

青草翻身，满了山坡，绿了新生的风景，

和水稻麦子们一起，丰满致富路。

走进苗圃，和厅堂的青草，

伴《诗经》《春秋》装点新农村的日子。

在高处，茁壮精神家园。

而在城市森林，和湿地，他们

于石板和石板精致镶嵌的土地里，自由呼吸

蓬勃向上的绿，奔赴各自前程。

在青草养活的四季里，大地始终不会走光。

芒种辞

麦粒饱满槐蜜黄

兑现上一个节气的承诺

秧苗蘸着浅绿

三步并作两步为另一个节气写序

镰刀乐出了稻米色笑容

有芒的麦子快收啦

插秧机轰隆隆跳起鸭子舞

有芒的稻子要种啊

忙碌都在秩序里

榴花划着了火柴

爱闹腾的芍药：红，黄，粉，白

绿，紫，像一个

又一个勾肩搭背的瓷娃娃

日头馋得不肯把自己搬到山的另一边

蛙鼓擂动

河水一口一口咬红蜻蜓

荷姑一露头
把戴望舒的油纸伞撑成秧苗绿

回到小时光，我把汗水浸透的夜
赤条条剥在稻场风口的凉床上
草帽压弯的扁担
咯吱碾着咯吱，不该叫的欢实地叫了起来
该叫的却歇了，背阴里

蝉与螳螂来不及抖落懵懂相互捕捉对方的疏忽
锋刃弯向肋骨时
我正蹲向麦芒，以村庄古老的姿势亲近
虫鸣，风吹，雨滴，谷子开口
叫不出姓名的野花举起紫色

第四辑　致青春

春夜听雨

煤油灯亮起来的时候
儿时的胆怯随着夜黑四下里退散
微红的暖意被灯光引领过来

打开课本，我听到雨在窗台上写字
认真的劲头，是灯影里穿针引线的娘
麻线与鞋底的呢喃，句句都是牵挂

春雨无声，一粒粒把春在大地上写出来
一针针，娘缝合日夜，也连接春秋
走过秋天，布鞋也领着我们走过了四季

来到中年，穿坏了那么多皮鞋
我依旧保留一个习惯，每一次脱鞋
总要倒回去，像做作业一样
用心数一数，已经走远了的针眼线脚

曲膝。弯腰。低下身子
拼力向前
逆风奔跑的人，是拉开弓的箭

不再回头
是迎风的旗帜，把卷舒的声响
摁回胸腔，呐喊

中年之后，依然逆风奔跑的人
是离鞘太久的刀
学会调适风与自己的
角度，和弧度

更懂得裁剪风口
让自己，和身后的风
融为风景

薅铲，扶植，贮藏
你与草，相互为敌，又彼此成全

之后，占据你领地的草
覆盖你的倔强

你已放下自己，放下了恩恩怨怨
而我欲重复你的当年

低头却看见
摇晃的小草，正把春天举绿

一天比一天硬起来

落叶听懂了什么

转身来路，走上另一段旅程

根脉终究是江南的

木芙蓉，晚香玉，紫薇，和美人蕉们

各自装扮年轻的姿色

跟随节奏，起伏，鲜艳，受过镰锄

尘世，依然生动

过了中年，在见短的日子里

学着看风识声

面对越来越硬的风哨，将不再

打扫庭院里的落叶

我用它来铺盖搬进土墙的虫鸣

急匆匆的雪，盖下来
他们横竖都不躲，也躲不了

山坡，郊野，和田间
地头上的草木，寒凉里护着余温

经历春秋，草木抱紧体内的火焰
那些冒雪奔波的人
白天，黑夜，都是过日子

与落雪无关，与栽种、砍伐
与荣枯、清白无关
在依赖一匹白马的狂奔
带走一地尘埃，和一生冷暖的尘世

我们不过是
另一场大雪中行走的草木

树桩

活下去的方式有很多，删繁就简
只是其中一种

不用惦记昨日风，和今天的雨
无须思量怎样
回避薄亮寒白的锋刃

一切都回落地面
从尘埃处重构自己与尘世的关联
落不了鸟鸣，就让

奔波的脚步安放疲惫和风尘
马路边等着接活的人
三三两两，一盘棋，几局牌

笑声，嗔怪
和掖起来的，填充尘世空余的部分
没有离开泥土的怀抱
站在最矮处
也得学着守住草木之心

除却风雨，日月星辰也很陡峭

日子在流逝，清瘦的石头上

水土也一直在流失，许多位置空下来

山还在。庙宇也在

只是，四月在一朵桃花上下

更加空阔，空旷，空灵，空寂，仿佛四大皆空

风雨依然光顾。观景的，还愿的

夜里潜入的，各怀所得

唯有较量过的人，才知晓

翻山炮，拐腿马

最终赢不了一块石头，和一瓣落花

那一场风花雪月

在秋风身后
我正路过一场落花

芦苇摇晃单薄的寒凉
那不懂弯腰的
影子是一个人的前世。冬已至

雪巧妙地回避了南风
落满我现在的双鬓。背北
推窗的月光，是李白用过的白

如六脚的花精灵开满四壁
站在前世和现在之间，我是另一枝芦花
流淌的夜色
无法稀释，一场风花，和雪月

中年后，习惯一个人看过午的阳光

此时，静下来的心

能掂出尘埃的重量。光影浮动

一条河流逝了年轻的喧哗

顺从河岸，前行才能保持方向

抵达的途中有太多的悬念

水草的纠缠，石头撞击和撕裂

而那些取水的人

多是想到眼前的水，和心中的企盼

只有那些牛羊，每次都是

先低下头来，然后送上厚实的双唇

行走开始迟缓，却不肯留在原地

就像那阳光里的尘埃

没有方向，又四处都是方向

所有的树都在做减法

红的，黄的，墨绿，和枯萎的

风有北方汉子的味道

山海关，摁住老龙头却拦不住南下的冲动

比当年姓吴的将军放进来的脚步快

路过的地方，山矮了，水慢了

天一片一片落下前，雁去了南边

那里的小雪，挤满白纸和屏幕

从北方起身的大雪

被秦岭和淮河联手劫持

树却系上了天空色的围裙

脚底一绊，遇见

种子，推开石质门窗

伸出鹅黄手指

演奏者

交叉，拔起，旋转

撩步，滑行

失去双腿的你，绽放整个舞台

那年的五月十二

大地一次颤栗，让你的

"小腿流浪去了火星"

梦想去到空中

无腿的你，用汗水的咸垫起自己

在跌倒与站立之间

风吹过废墟，小草又挺起腰身

静默的大厅，瞬间

被掌声填满，抬起来

人间没有观众，台上，台下

都是演奏者

海浪的声音

自胸腔轰鸣而起，在叫泗礁的岛屿
十八岁的绿在大海内部操练

有着海浪的倔强。我们正在进行又一次冲锋
在一次和又一次的间歇

海浪教我们喊歌："搬走石头修起营房，
栽上松树牧牛羊口"

而我们把歌词，一句句从海浪里捞起来
晒在礁石上，晒在信纸上

风矮下来的时候，浪的安静，是看上去的
七天一班的交通船

浪花跑得比我们还急。等待的人
心里，翻滚的海浪，说着各自老家的方言

有时候，错过一朵浪花

会错过一生的绽放，而我是幸运的

海那边，有一个人
正在细数我寄回去的海浪的声音

月光之盏

黄昏驮走了夕阳
月光悄悄走下宫前台阶

人间路过唐宋的月亮
风摁停了唿哨

树冠收拢的翅膀，歇在光阴里
尘埃裹着余温悬于清辉

来水泥森林过暑假的孩子
在父母租住的墙头

独自跟月光里的自己捉迷藏
却藏不住一个念头

坐了一天的高铁，来这里的月亮
和那个稻场上打滚的月亮一样

月亮放他在光里，他背月亮在身上

有头，有脸

我仍是一只普通的麻雀

土里刨食的我

在需要热量的肚皮面前

所有的不堪，都不值得一提

雨水丰腴的阳光里

一切都跃跃欲试

开花，交合，受孕，分蘖

昨夜。在流淌的月色中

眼角碰落星星。我们收获小确幸

从今晨开始，我会珍视瓦檐口每一粒水

把房子搬离枝丫

悬空的生活防不住风的手

穿过枝头，屋檐，和烟火

我捡拾枯枝落叶，喜欢彩色纸片
和晶莹透亮的玻璃珠儿

以及，叽叽喳喳的出双入对
我就是一只普通的麻雀

光

我拄着手电，在人间赶路
累了，它就是拐杖

"黑白只是底色。"供桌上
那些用尽一生，
在黑白底色里行走的人，各自带光。

拐杖，提起和放下，
看见尘埃，升腾，或坠落。

我路过的人间，和我，
从黑白中来，又出离了黑白。

叶绿、花红、活命的谷子金黄。
紧握的手，打捞、捡拾光的正面，

蚯蚓正深耕另一面。
万物腾空的黑，光一层一层把自己嵌入。

而水中的光，和木头上的光，

没有什么不同，它们干净，明亮，

仿佛来自遥远，又深入遥远。

拄光奔波的人，谁在打探尘世的虚实？

失落

脚步跑快了

心，落在动身的地方

最强的体魄，不如有洞的树

去纪念馆，教育基地，拓展训练

一路上，计划与目的始终隔着一张纸

签到，听提前起草的讲话稿照本宣科

还有一顿大锅饭，几张集体照

和平日里一再生疏的寒暄

外加，一篇活动信息、工作简报和来回的时光

以及散落途中的说笑与风尘

冰冷的身子也有体温

长久对视，进入内心深处

能触碰到火焰

通透，或阻隔

说不得好歹，只关取舍，和命名学

一只花猫不关心这些

驮着漂亮的花儿在镜前路过

从客厅到阳台

穿过一个日常的下午。眼见的

黑白，在镜子里外颠倒

生活中的左右互搏，左右逢源

都是一门活命的技艺

几十年的努力，至今学而不会

中年之后，面对镜子

偶尔拿起，或放下

不仅仅只看鱼尾处的水深，水浅

更多的是，比照

身前和身后：远与近，虚与实

破
茧

纺线，捆起自己，再打开

来回，又反复

茧，把一个破字痛得执著又生动

匆匆的我们，从那些

路过人间的蝴蝶身上看到了什么

山坡摊开溪水行踪

草木和光阴踩着它顺从既定去向

奔各自前程

放学，少年和牛上来或下去

横竖都跟随眼前草色

书本上，色彩那么规范，看过的人都各有隐忧

来到半山坡的少年，光阴一晃

已是中年之后，儿时赤身相见的溪流在山腰隐现

坡上容颜不断老去，又不停翻新

西山脚下落日

对走在田埂上的眼睛说了些什么

沉没。该有自己壮阔

老牛缓慢，一步三晃

每脚落下这么稳

埂上草芽刚刚抬头

走近会看到她们嫩绿，单纯，自信

此时，肩扛木犁

跟随水牯，男人走在四十年前田野早春

面朝茅屋上正在招手的炊烟

微躬后背，向上，挺了又挺

一棵树，用时光掏空自己
掏出岁月，和苍凉

风景在里面静坐，写生
远来的目光直抵更远的高处，和起伏

春色与翅膀，在它身上落脚
路过尘世的人，和那些正在走来的

经过时都会驻足，仰望
透过心胸打开的景色，他们看到
在绝壁悬崖上种一河浪花的人

看到扶着柔弱的草在沙漠立起挡风墙的人
看到一个个为后人栽树的人
和从一节歪着脖子的木头里取出犁轭的人

也看到了在风景里行走的自己
正是这所有的离开，和正在到来的行走

让这人间残缺得如此完美

如果可以，他们都想将这路过的风景

重新再走一回

光亮

暗里站久了
最想的是明亮的光
最怕的也是

光，突地涌过来那么多带刃的明晃
受伤于黑暗的事物
一下子透明起来，会有

第二次伤害

破
晓

破，只是个动词，自带锋刃

此刻。夜抽身离开，白天在来的路上

切口，和力度，握在名词手里

指尖上的星，点亮灯盏

那些点着灯火，停不下奔波的人

黑白缝隙是他们难确认的词

就像那群，怎么也数不清的羊

在日子的连接处

颠过来，翻过去。深夜是一块石头

从锈蚀的镰里

一点，一点地磨出刀锋

落进江水的石头

石头落入江水，是瞬间的事
一个过程的开始，也是
刹那的结果。短暂眩晕之后

在水底世界，各寻其道
一匹雕刻了兽身的石头，突破流水的
冲击，和裹挟，去往了上游

——书上的话，说着人间的事理
已过中年，慢慢知晓
跟着流传下来的故事，能找到生活的影踪

尘世是另一条江
我们都是石头
总有那么一刻，一起制造了那些细小的花朵

多少回跌倒，爬起

途中，积攒了多少硬度，和悲悯

纵横，都是分界线

却从不阻挡阳光，云彩，和温暖的

到来。挺立，或奔赴

不放手一棵树一株草和一路吵闹的小溪

那些不肯停歇的脚步

它总是躬身相迎，直到举过头顶

在山区生存久了

我觉得它如同我的亲人

哪怕自己一无所有，但对所有的到来

他们陡峭的脸，像嶙峋的崖壁

总会从意想不到的沟壑或石缝里伸出一芽绿

或一朵小花

码头是人间的过客
当所有的嘈杂消散于流水的行走
我看到蹲守岸边的锚

它铁了心的姿态让码头上所有的来去
都有了依靠，和牵绊
去到最远的异乡，帆从不慌张

伸展开的鼾声，能抚平随水起伏的月光
这让我想到中年后依然漂泊的人
在人间江湖，纵然锈迹斑驳

却学会了一种姿势，站稳脚跟时
总要调一调朝向
让每一个奔波，都能够面对家乡

冷风隐退

开始退的时候
雪花路过的天空退进冬天
再退一步，就落在了芦苇的肩上

这多是走过了中年之人的内心
现实却是：已过的半生
那么多的风迎面擦肩，又有更多的
撵着，推着，翻身而去

解开枝上花苞，也捡拾尘中落瓣
爬南山，也曾遇南墙
这多像中年之后的人啊

明知，后半生的日子，纵然风生水起
也是枝上秋深，叶子落一片空一片
风吹着空处
他始终用一种姿势，在风中来去

离开可以觅食和渴饮的低处

鸟儿奋力以翅膀为桨

把自己撑在天的空荡里

除了俯视，打开自己。一定别有深意

直到在天空下走过中年之后

才慢慢明晰，仰望只能接近所见的一面

天空过于辽阔，所有的飞行都是悬浮

人们大概是赞颂过飞翔

习惯性忘却了流矢，游隼和横祸

鸟儿依然回到空中，它们

热爱长空，和人间热爱柴米油盐的日子一样

我们都说不清楚为什么这样欢喜

路在何方

"在鸟的身体里，能找到天空"
张二棍用诗歌搭起一条通天的路

路在何方。站着，是个问句
让道给一串动词后，何方都是路

一株草，露水可以抵达种子
太行山腰，一条河走到果园，和羊群的叫声里

幸运的是，人世来去，身前身后都有路
更幸运的是，人世来去，身前身后都是路

圆

有时是名词，有时又带动作
是祝福。是期盼。也是一种结果

并不是结束
旋动的人间，都在圆中轮回

人世眼里，房子，椅子，挤得太多
日子里的圆，学着放下，学会使用删除键

其实"○"才是真身。是因
也是果。是结束，也是开始

实用主义者把它画成圈子
而一分为二的人懂得，圈子内外都是
没有回头的单行线

内部的细节和辽阔。草木不语
鸟鸣，风声，只是其中
一部分。晨露倒撑着伞降落根脉里

这是到达中年前的景况
已翻阅半生，我熟悉骨头里每一滴
清流，已走过了那么多日程

经历了那么多起起伏伏，沟沟坎坎
开心的事，还有没被收割的皱纹
还有整个下半辈子供我可以用来继续

草木生动尘世

红尘凉薄。并非只是戏文

人世是另一个唱念做打的舞台

上不上妆都在角色里

只不过光影太重，那匹马卡在二月对折处

草木里住有菩萨

相望。相守。相依。那些树懂得退让

路过人间的奔波各有其道

欲飞的马也少不得一把草，一截木头

人非草木。只说了半句话

青涩。金黄。草木不言，也不语

如同今晚的尘世，那么多

握过玫瑰的手正在调和床前的夜色

桃花诺

走进中年，事情堆积得太多
记忆开始花白。少年的
桃花潭，已经隐退流水的日常

三生三世，轮回的因果
佛门向来重香火，少了烟火
十里桃花在台词中，正被少年用旧

而我是过来人。路过尘世
桃花是血性的花，打开自己都是为了结果
循着雨水，我和二月一起动身

沿着问天之路，向着你的三月出发
过古刹白水寺，登唐梓山，落脚中国桃乡
读你，读桃之夭夭的日子，也读
一块石头，如何把一条龙留在六千年前

此刻。天空正赶着云朵走进春风里

我看见浪漫的自由主义羊群

在中年之前的天街追随小雨后的青草

那时的云朵简单得纯天然

生气了会黑着脸，伤心了也会哭泣

泪水也是那么单纯，和清澈

落下来，可照镜，可直饮，不带异味与伤痕

是羊的云，也可以是年轻的马

时间总在飞奔，再看一眼，已过中年

天空飘浮的，多是现实主义

面对增雨火箭，催雨弹

我又向天空送去了开始老花的眼睛

望着进退两难的浮云

如何走，这尘世

才能再次去到退之先生的那首诗里

在光阴上穿针引线

缝合远方和归途

草木，庄稼，和远处的起伏

被窗口飞快砍伐，收割

收走的还有那身熟悉的绿色外套

和那些彼此熟悉的麻雀

还没有一场群众运动，可以超低空飞行

远方的喜欢藏在书信里慢慢守候

此刻，和谐的轨道，适合飞针走线

偶尔飘过几句熟悉的鸟声，来不及相认

而驶过中年的火车，隔窗远眺

故乡，越来越近，又离我们越来越远

穿过经心剪裁的二月
迎面的三月，是温润的轻抚

让我确认，你从老家来
从河边那棵杨柳的枝头起身

顺着几缕伸来的春色，仿佛看见
戴柳条帽拼杀，又被柳条规正的少年

风吹杨柳，也吹光阴
吹过了四十年后的再次遇见

不问村寺东边桃林的花事
也不问堂屋梁上燕窠空过几回

只想说，杨柳指引过的人
已是扛起"织柳衔泥剪雨飞"的大梁

这条河一出生就用旧了
流水总是新的，河边洗手的人
也是新的

临水感慨的人
去得很远，也很近
在书本上被新来的人反复提及

抚摸泛黄纸页，能触摸到
光阴刻录的木质唱片，轮回，播放

山上砍柴的少年被一首歌沦陷
归来，村中已没有一个相认的人

砍倒的木头
现在，已是一条旧船
等船和坐船的人
后来，抵达了同一个地方

不写见字如面，少有新意，多是疏离
其实，是怕见面过于早来

害怕你没有时间让我学会写完整的诗
又不得不早告诉你，一件事

有些沉，这么多年，我不能翻身
那时候的你，有年轻的野心

癸卯年，在诗作坊偷师学艺
直到现在，那张纸写的还是留白

当春天在一棵小草上九十九回醒来
我还在字里行间找自己

怎样才能对得起额上的一根白发

面对世俗看过来的眼光
和以前一样，你没有嫌弃，没有放手
有着我的禀性，悲喜
我们一起出过彩，也吹过风，淋过雨

湿透了，你抖一抖
又一个日出日落，被我们干净用过
为脸面，多少回，你替我
迎对锋刃和舍弃。每一回又从伤痕里

长出新的风景，和生机
直到此刻，我们走到了各自的秋天
幸运的是面对你，伸过去的手

不会虚空，每一个拿起和放下都如此真实
整个下半辈子还有那么多日子
我们可以用来挥霍，可以一起白白虚度

怎敢给你写诗。我一个俗人
神仙的事儿，是用来羡慕和仰望

师说，名如其人。有命相学
月亮是诗眼，也是上天的眼睛

看天上，看人间。也看阴晴，和圆缺
那是大唐以前的事，也是以后的事

庙堂上事都是关联命运的大事
天子和宠幸，你却没有放到眼里

而你用的月亮，是一只透明的杯子
装不满的是酒，喝不尽的是寂寞

酒水里的火，烘不暖坠入尘世的月光
在长安，在白帝城，在蜀道，在床前，在一首诗里

乌

鸦

时间若能用来穿越。乌鸦是

最有需求的。去唐朝，去到魏晋更好

时间不只是杀过猪的那把刀

双面刃，划走了好多人，又送来更多人

拥挤的人世，边界一再混淆和突破

底色失守，黑白被需求重构

而你依然记得，怎样喝低处的水

也记得那块失去的肉

放得下嘴里肉，你也放下了穿越的事

却放不下一路同行的羔羊。你想让

光阴里走得太快的人，偶尔也

记起些什么

（注："乌鸦报喜，始有周兴"。唐以前，乌鸦是中国民俗文化

里有吉祥和预言作用的神鸟。）

一个人的战争

写下这个题目，就是一个战果

也是又一次战斗的开始

一个人的战争，没有后方与友邻

孤军奋战，看不清硝烟，刀光和剑影

一个我与另一个我拼杀

是楚河汉界，是左右手，也是棋子

不战而胜，自古就是写在纸上的事

为一根香蕉的战争不只在动物的世界

也不只是眼前电视上才有

战斗有多成功，战损就有多惨重

失利的人也是战胜的人。握手言和只是面子上的事

而面子问题，已不是这首诗的主旨

你看，战争已转移阵地，一个人正冲锋陷阵

拒
绝

写下的，和将要写的字

彼此熟识，相知

我可以任意调动，指派

立于左，或行于右

都听从我的排列，组合

长句中，或短行上

哪一个都没有反对意见

而我说这是一首诗

它们中，没有一个肯认同

应该给自己一些赞美的

拥有整个白天的我

还能完整地使用夜晚的全部

是值得赞美的

同时用两条河流复述欣喜和忧伤的人

忧伤一流出就被化开了一半

而开心的事，她总是加倍地涌流

就像此刻的自己，已过中年

还有整个下半辈子里的那么多日子

正一天，又一天地走来

她们，恰好够我在诗歌里虚度光阴

穿墙术

小时候，墙晓得风水和方位，不须穿越

牵牛花趴着墙头跟我戏耍

钥匙蹲在老地方，进出不用窍门

后来，泥巴置换成砖石

身子重了，心里负担就多起来

墙里便有了长短，高低

内外讲求法度，明暗都是技巧

不要技巧的牵牛花

跟随那头老牛，离开了墙根

远离经不起倒嚼的时光

靠墙生长，我一再被墙戏耍，反刍

已记不起钥匙曾蹲过的地方

身子跟着自己一低再低，也流过血和泪

人过中年，摞起旧痕的新疤，积攒了

伤痛，也积攒了必备的穿墙术

才明白，无法穿越的那堵墙是每一个自己

养书记

转身多呆一会，就能看见

手把手，小人书领着一个小淘气

离开童年去了学校

学会把字从队伍里一个个认领出来时

课本也教了他许多事

可手不愿松开的还是课堂外的书

那橘红色小台灯知道

多少个不被允许按时就寝的夜晚

她捧在手中的一本本不是课本

一个字跟着一个字

被关在粉红的本子里

养着青涩，也养着羞涩，和长大的光阴

那么多年过去，打开来

仍然是横平竖直，方方正正

蜉蝣

活着到死去。就是一生
不说生存以外的事
这并不只是时间问题。我们知道
自己的斤两，和分寸
离开水的世界是很复杂又危险的事
没有毁损草木、伤害动物
我们也不会祸及人类不必动用口罩和消毒液
光阴里有太多自己的事在等待
我们也有小心思，彼此追逐，生儿育女
做些生命过程中大家都喜欢的事
学会用翅膀打开自己，提升自己
动静最小的飞翔也会吸附追随的光亮
既然命运给了一天的拥有
我们自会用足这短暂而丰满的一生

一生中夜晚就这么多

接受黑夜的掩藏

还是绽放自己的夜色

枝条已放弃了所有的叶子

无尽的白银隐于流水

身旁沙河漏逝星月

你不信，"动人的句子

都被所不识的人攫取去了"

坐下来。坐在夜的低处

仰望绿色火苗熄灭后的枝头

枯枝的黑硬着夜的骨骼。而你的进入

夜有了思考的状态

暗下来的远方重新找到了依靠

和落脚的堤岸

身旁起伏的波光映照着，一盏灯

是怎样打开夜的内部

流水带来的，落日没能带走的

值得用一生的长夜去虚度

第五辑　又见平凡

把日头，匀一些给下午

坐落阳台的冬

静候了一个上午

此刻，阳光可以疗敷伤口

和秋对峙之后

冬一点点从草尖和叶脉上白下来

柿子歇了灯笼

栅上的菊花伏下身子

夏天门前路过的蚂蚁，藏起了晒暖的日子

一队会写字的大鸟

把炊烟蜿蜒成出村的山路

向种子打探春讯

我在麦田看见

冬的天空，如母亲用旧的围裙

开满雪白的棉朵

风把落叶吹进黄昏

黄昏在西山点数余晖

映照落叶最后的生长纹理

"落叶取否定的姿势"

诗人的语言，从树叶飘零看万物沉坠

而现实主义枝头上的叶子

飘落，每挪一步

都在向伸出挽留的树杈告别

隐隐看见途经的地方

悄悄长出了嫩芽

风吹过，夕晖在山坡上弹了弹

更多的风，快速翻阅

翻落的叶子，一面收拢时光

一面反向拉长光影

风再吹的时候，天色散入留白

摇晃的树枝，闪烁星光片片

戴上口罩，呼吸沉重

高速串起的城乡，慢下来了脚步

绿色是这个春天的通行证

开门不只是要用钥匙

而走进一个人的牵挂

只需对视的一瞬

我看见，此刻你的眼眸

有阳光越过九点一刻的阳台

跟在身后的，那棵歇着鸟鸣的香樟

探过窗沿，举着

数不过来的小手，举着新鲜

和明亮，看见

我穿上了你新织的毛衣

也看见，后来的日子都穿戴了春天

公园门口的牌子，在三月穿着红绸缎

领着市报记者一起来的

八月了，那些人一直按月领着薪水

它却没了初来的容颜

坐车来的草木正在努力回到当初

银杏丢了来时翠绿的手套

水杉饮尽原液全身枯锈

谦恭的柳条模仿蹲伏的蒿草不停倾斜

晃得远处拽来的浅水

满脸都破碎的泪花

那些从市区赶来在躺着的鹅卵石上

做着水平移动的人，愈发稀少

经过风雨的牌子

和躺在门口地上的影子相互搀扶

嘎的一声
一只黑鸟路过牌子上空，留下呼喊

捡起鸟鸣的人，去向没有牌子的园地
唤醒下个季节

冬日周六。我在太阳身后起床
窗前绿萝已披上了阳光

一粒青虫被鸟儿接引到内部，戏耍窗檐
红心地瓜横卧早粥
站在里面的大枣告诉了我它的家乡

晚起的人
正低头一口一口细数着清香糯甜

日头，一下一下挪移窗台
洗过蓝花瓷碗，顺手我给绿萝喂了大半碗清水
阳光里，彼此各自相安

流星雨

公园靠近流水的

那棵垂柳脚边长椅，空出的下午

弧形的光亮里

斜靠的拐杖扶住老人坐着

天空星光一直闪烁

它们并没有发现身边少却什么

初秋，夜的人间

依然火热

拄着你，脚底生根
日子靠着炊烟
越过老屋，走向高远

月亮隐退，大风旋起
以七星为杖，夜行人
小鹿不会乱闯。而那些

扶着影子的人，白月光下
摁住了骨头里的风声

灯火下，握着半部《论语》
扶住自己
灵魂，慢慢抵近肉身

落樱缤纷

地上站起来的雨，

和水从天上走下来，在一朵花上，

会不会一样？

白云路过。一芽新绿从旧年的

折痕处，睁开枝头的新奇。

那株相识多年的桃树，

站在二楼阳台外，与我相望。

记得树下经过的昨日，

浑身的浅红，粉红，和深红，

那是四月的伤口。

蜜蜂，蝴蝶，二月，走过后，

雨水和惊蛰，也都走过，

只有草木依然，泥土不曾放下大地的手。

此刻，沿着手指看过去，

枝头上站着的春分，正在扬花，灌浆。

松开枝头，走下来的落樱，

依旧如此缤纷。

阳光豁达，脚步到不了的地方
温暖的手伸了过来

那些亲近犁锄的人，积攒了太多阳光
学不会厚此薄彼

一亩三分的泥水地里，种下自己
长出庄稼

跟风来到陌生的城市
雨水打湿了才看清，泥水地

和水泥地的庄稼
根上不是一个娘亲

泥，水，地，跟庄稼汉
他们都是亲人

而水泥地上，窜起来的
彼此，互不相认

紫藤一样的青果巷

清晨，温暖开始生长
鸟鸣如梯，一棵树正在伸展

一些从昨天夜色走来的人
正在巷口早餐店前往今天

店招头顶,一串紫藤花
用自己把四月的光影涸在前朝青石板上

是诗句里的少女
生动了戴望舒的油纸伞

巷的腰身，弯着
流水的弧度，立在桥墩的春风

目光漾向远方
水袖婀娜，送远一声欸乃

青果，一下，又一下，摇红了紫烟

距离

从宝龙广场到青枫公园地铁站

有人说很近
只隔一个公园

有人说好远
要穿过整个公园

双脚步行的人
来来回回，没有哪一个

觉得这中间有
什么问题

无根的雪
翻出花来也无处可去
落到了，无处可去的尘世

必须路过的人间，总有一些事物
横竖无法遮挡
亮起来的灯光和雪夜提灯行走的人
朝向哪里都是前方

"不辞山路远，踏雪也相过"
只要迈开脚步
温暖和春色，紧紧相随

钟声

旧铜里取出新声
槌落处有木质回纹

枝杈样山径，上来和下去的人
是行走尘世互有牵挂的草木

山门内外，木叶，有的
已放下，有的在做放下的准备

钟声过来时
他们以各自的颤音唱着和声

画屏

一件易损品。经手就旧

百科搜索告诉我

是有画作装饰的屏风，是择婿的出典

偏于工科的词条比较简单

直接，理性：工艺。家具。屏风

只是，借用静夜翻检中年之前的日子

画面上记着的人与事，如此相似

人间是一组画屏，来往的人是其中一块

所不同的是：在被人画时也在画人

春来了

夜色还没有褪尽。清晨的
江南，一场雨洗过癸卯正月十四

所有事物开始柔软：枝条
柳梢上的风，风后的冷，和被风填空的人间

春风如剪的二月，留在了旧朝
今天的雨，押韵农时，是清早的脚步

拐过桥头，村路送来湿漉漉的鸡鸣
奔远方的人是向上升展的枝权，拥抱，给予

人间终能寻到春的踪影
雨水轻抚河床，唤醒一河云朵，群山，流动的花

鸟鸣是另一条河流，靠近跟前
其中有去年三月在老屋廊檐下的旧相识

把那匹马从二月夹缝里领出来
树用站立的姿态
给路过人间的时光让出通达之路

向上攀升。光阴支撑天空
人间得以适当弯曲，一匹马有足够的
时空打开自己，长啸，奔腾

可以回到时间里，回到一棵树的
内部，雨的足迹，风的影踪
阳光隐藏了返程的密钥。鸟鸣是一片片

叶子的召唤。枝头上是时光的回应
人间，有和声，也有颤音

浮萍

说无根的人，已远寄他们用旧的光阴
而被说无根的你，多是两种表征
或"青萍一点微微发"，或"晓来雨过，
遗踪何在？一池萍碎。"

正如在尘世江湖里沉浮的人
体会了，异地水乡沉雨是怎样的敲打
那些池萍，如何钱钱密
寒雁把心事排上天空，终归是，字字斜

光阴的流水，漂泊，起伏
经过人间
谁不是单程的浮萍
只不过这寒辛的性子，来去奔波

却能疏散风热，解表透疹。祛风，行水
清热，解毒

站成路边一丛草木，就好
大地的泥身有菩萨心肠
路，是光阴的刃
从痛中剜出的筋骨，和血脉

奔走，修行一颗心
风乱尘埃迷眼，也扶草木靠近阳光
出发是一种抵达。回头
也是。雨，是重新来到地上的水

月光是另一种流淌
来和去，她们都舍不得那么匆忙
让草木足够搭起庙宇
让路上的脚步可以安稳，又安宁

下午茶

日头从半坡下来
以45度视角跟杯里春色交换眼神
停止起伏的芽叶
此刻，正舒展着收藏的时光

整个下午光阴清淡
流水的日子浓淡都有滋味
这让用茶水滋润的中年
有另一种意味

炒烘揉捻，茶叶把春光留给四季
这让已过中年的人想到
还有那么多的下午可以用来打发

就像把时间搓进茶叶再用水泡出来一样
中年的一切，都有了现实主义暖意

也许，同属泥身
大地也有慈悲的心性

收藏了天上没空净的孤独
而孤独并非定是奇数

有喧嚣，和动静
但不是寂静，墙头石缝那粒草芽

窥破隐秘。正悄悄醒来
春天掀开被子，落在指尖那滴绿

刚好放下了，轮回，冷暖
和辽阔

星期天

时光从漏斗里掏出嘀嗒
我，掏出自己
从门口的公文包里

灶上起舞的蓝比昨日慢了半拍
小米的低语里
日子有了金黄的暖色调

早班公交正起身去往下一站
大小三双鞋，不动声色
还安静地歇在进门时的出入平安

删简公文里的虚词
替换引号和加粗的部分
柴米油盐，她们
知道了来路，也明晓去向

关于麦子

喊你成韭菜，那是小辰光
等到进了课堂，慢慢地，认识了
近邻，远亲，和许多异性兄弟

也长出了你的锋芒，刺过风，扎过雨
把起飞的蜻蜓举过头顶放在阳光里。我们一起
走向成熟，走上各自的风雨兼程

走过了人到中年，我却
不能忘记那年的忙假，那条路上的你我
跟随父辈的脚步，沿着落日

走近的黄昏，我一路招拢忘归的你们
面对那些被匆忙踩伤的兄弟
蹲下身，捧在掌心，我边抚摸

边送上年少的纯真。而你们
却给了我全部的身心

脚步在预报里小心谨慎

又随延时打开的门窗调整了行程

闷湿的鸟声比日常晚了几步

而我却感到，这是刚刚好的开始

让早晨添上一层隐密和意义

慢下来的行走，让隔夜的想法有个

安放顿号的空隙，也让，一直

往前的目光，退回一点。退到视线以内

离自己近一点，再近一点

把自己和身边的一切，看得更加

真实，更加清楚一点

不只与流水有关，更与朝向有关
脚跟站定，自有左右

留洋归来的人，被翻红，被时髦
终是出晋过唐入宋一路走来

咖啡是跟过来的，一条江一条河的引领
抬起头来，巴黎眺望东方明珠

大海低吟古老的颂词
面对远道的奔涌，能看到左岸的
源头，和前生

麻雀

那句话在课本上成了经典

鸿鹄飞过的天空

麻雀一副短桨划到了低处

稻草人，背负一个全民运动退回光阴里

时光之树正在结它刀口的痛

是是，非非，仍不停挑破旧疤痕

麻雀们一代接着一代

叽叽喳喳，没一句提到恩怨

而他们对另一半的忠贞

让好人们在偶像剧中用作见面的密语

此岸，到彼岸

扇动的翅膀，漂洋过海

终归是可平复的漩涡

那时。我在家乡三月年少的花海

看花，看你，看蝴蝶蹁跹

撩动微风，解开花苞，她们相拥，起伏

而张开双臂，你搅动整个春海

那只贪嘴蜜蜂，不管也不顾地深陷其中

至今，不肯回头，忘了上岸

站定十字路口，并非都是等红灯的人
大嘴师傅把卖肉的摊位摆在路边
他说，这样能方便别人，也方便自己

饭桌上，他常拿县城和乡下的
两套房子说事：做人，世上没有好走的路
同桌吃饭的两个儿子都认为父亲的说法
跟他的年纪一样，有些偏老

他们兴冲冲奔向了各自挑选的直通大路
十几年过去了，县城和乡下的
房子翻修又出新，却再没见他俩身影

每回来到肉摊
大嘴师傅总是一边割肉，一边叨叨
世上哪有回头路
又说，回头路上，能等到丢了魂的人

正午的蝉鸣

这个时候，不应该有太多的声音
尘世低处潜修多年的它内心更加清楚
而依然不停歇地嘶喊
喊得一声比一声急切。当另有隐情

那时年少，不知道小黑为什么
总是围着躺椅伸出舌头吐着夏天
邻居二大爷去医院前，早一趟晚一趟
它陪伴着绕村转了四五年

如今肺里那块暗斑没能摁住，全身乱窜
拔掉嘴里管子，想骂人的二大爷吼了一句
走，回！大把大把的药不及头巾管用
急剧的咳嗽将剩下的话捂在带血的头巾上

从医院回来不到七天，二大爷就走了
三哥抱起不肯离开的小黑
看见躺椅扶手上，都是深深浅浅的抓痕
一下子，太多的声音堵住了喉咙

林间书

通过筛检的日月在叶间放慢脚步
雨水沿着绿色台阶，把自己挪了下来
那些关于生长的密径
林子都守着它们的蛛丝，和印迹

一条小道的四月，适逢其时地路过
风开始来去，光影有了动静
头上的伞，和腿脚边的蘑菇裙子
盖不住，也捂不了

通向外边的尘世是更大的丛林
树冠的风，花叶上的水珠
都守着法度，刚刚好够
林间的来去，用完各自的一生

枫树嘴

二月开始动身

走过了三月。院墙边

一株葡萄，用四月

把春天一片一片挂绿了苦楝

其实，那绿不是苦楝的

它的绿被葡萄缠在它去年的内页

去年整理院子，柴刀

举过几次，看着蹲在墙角

脱光衣裙的葡萄，又放了下来

喊了一夜的猫
把念想暂歇在院中晨光里

地上桃花用猫尾巴
将自己戏成一只只粉蝶

喝了几口水，母鸡
着急忙慌地把大屁股挪进窝里

精力旺盛的公鸡
一个劲地刨着食盆前的空地

而那只大麻鸭趴在另一只鸭背上
它们正合伙做着开心的事

被拿着茄子秧出来的她看个正着
溢出的春天，她和秧苗都是其中一部分

四月的风把春天推进谷雨

沿山坡下来的阳光

一步步，把爱心公园送到眼前

那把长椅还坐着昨天的位置

两个老人依然保持着以往的距离

他微转上身，侧仰的目光

和软下来的夕阳，陷在她脸上

她那用浅了的酒窝藏不住她的得意

都四月了，春在枝头坐进果实

他们不需要藏着掖着什么

而身边的一对麻雀却那么应景

学会飞翔的儿女正在离去

现在，时光安静地闲置在自己身上

他把一只小虫放在她的嘴边

它们叽叽喳喳地抖动翅膀上的余晖

茶事

叶子在杯底调整朝向
回旋，起身，站立

沉与浮，都把一杯水泡出春色
也能泡软谷雨的阳光

还有，一个中年人的下午
和可供时间冲泡的心事

烘炒过后，揉捻不再只是手法
水火都拿捏着分寸

如同那个喝着下午茶的中年
几十年时光杀青，搓揉

火候恰好，在尘世的杯子里
足够用来浸泡依然装满半杯的光阴

地铁口蹲着三三两两的人
那么大的空地，谁也没坐下来
坐下也没有一巴掌是自己的

雨落下来的时候，他们把下午四点
还没有进入午饭时间的肚子
往前移了移。远离屋檐的雨淋在脸上
仿佛碰到一起干过活的人

他们不怕大雨只担心日头即将收工
电梯送来又送走了那么多的人
没有一步走向他们。春季就出来的人
还在用夏天验证

夜在这里，和乡下黑得一个模样
而那个被夜色一直拼盘的碟子比他们幸运
每隔十天半月
还能空出一圈自己的地盘

我更喜欢太阳转身后的天空，

辽阔退到星星里，喧闹一点一点安静下来。

昙花少了害怕。放下身外之物，

远走的人，放下内心执念和久积的负重，

沿启明和北斗的方向，过桥，渡身。

柴米油盐牵挂着，我还是个无法超脱的人，

白天的眼睛睁得那么大，一些人和事，

我顺着天空的洞口，挪进夜里。

你点着星星看我，我数着星星跟你说话。

尘世的日子，阳光过于热情，

缺铁年月患有隐疾，眼前青绿有不可触碰的内伤。

夜晚，让一切燥热的事情冷静下来。

这个时候，星星依次点亮路灯，

替你照看我的身影，为我照着行走的人间。

一滴水救活无数滴水。

我并没说出一滴水里的大海。

在香山教寺，你看到的，

每一滴水，向下，拉长的圆，

都是一颗慈悲的心。

你听得见。拉长的清澈

是佛轻唤的尾音。那么多乳名

一滴滴，在瓦檐，在菩提，

在寺门，在众生的眺望和问候里，

溅起。闪现。流淌。

养着潮起潮落的人间。

心愿

沿着寺前的石阶
香火步步向上攀爬

凿石成阶，把心事层层摊开
替香火铺通顺之路，心
会蜿蜒抵达各自归途

其实，香火也会健忘
总是越走越淡。心
还在石阶上摇晃背影
它已遁入寺后空山留白

每次去寺庙的路上
我总会想同一个问题，倘若
因果轮回，我宁可是
铺向山门跟刀斧擦出火花的
石头，而不是
谁都能跪拜的香火

光阴的连续剧
卡在破裂的石头上活下来

一尾鱼，跃起来
水在起伏，浪花悬于半空

隐现的波纹
用心触摸，有回路，和温度

无论提笔，或拿椎
不过是：化石演绎着从哪里来
椎拓的人
在求解，到哪里去

泥像

扶起的泥土

与阳光拉近了一个等身的距离

脚下的土地

被拽出厚重的高度

那些还没有来得及洗净的手

已顺着膝盖矮了七寸

他们明了，一次性的行走

成本核算太高

于是将那么多可能性的抉择

一件件，一桩桩

揉在站着的土坯里，仿佛看见

种子播进了土壤

东边微雨，和好风一起来到时

离开谷物灵魂

泥的身站成一堵弯不过的墙

庆幸的是

土性还没有完全流失

断裂处，小草正探出脑袋

蟋蟀

追光逐亮。纵然
兑付全身皮肉，历经三五轮回

在枝头借居，感念草木慈悲
用一生，把籽的青涩唱出秋的诵辞
每一次想起手里年少的网兜
和弹弓，后背仍有微寒

经历春与秋，这让我想到刨开土地
用汗滴耕种日子的人
总是先将自己，拆拼成犁弓和锄把
一天天被种得黑白分明

水走了。更多的水在来的路上

河床一直摊开自己

挑担的人，也是摊开的部分

随着双脚的起落

伸向更远处的流淌，重新活过来

一条河

意义有了生动的源头

来过的鱼群，吐露

透明的心思

把鲜活送抵尘世的岸

如同挑担而来的人

是救起一条河的活水，也是

接纳回头的堤岸

第六辑 跳动的季节

立春

日子再往前迈几步

流水就会松开被抱绿的山坡

枝头扭动的堤岸影子翠亮

小草，溪水，四野撒欢

所到之处，有昨夜的雨，也有日前的风

与大地耳鬓厮磨，珠胎暗结

欲念在泥土里吱吱作响，蚯蚓

惊出犁的模样

某些意象顺着具象的缝隙弥漫开来

桃花点红胭脂，在老宅身后

门前小巷咬住了春汛

初恋的心思，是迎春花苞。面对临近的

又一个轮回，日子虽不能总是

立春了，花儿就站上枝头

但谁不都是：有离开，也有更多的到来

二月撤去伏笔
掀开水墨册页
枝头桃红柳绿的句子印在封面
归鸟叫开一个节气的柴门

昨夜的梦在草木的心跳中醒来
潮湿，温润。山坡上的一切，让风生动
不张口都是好听的诉说
一粒种子，一株草
正在确定他自己的方向

水缸的月亮比昨天更加接近炊烟温度
雨水解开大地的纽扣
敲响心寺的风铃
休整一冬的犁铧等不及春雷喊出声来
赶在大雁之前邀来春天

惊蛰

拐点到亮点有多远

用三月的雪

无法说得明白

在江南，石榴举着旧年冬天的手

抓取五月天空

而桂花树在对面，守着自己的

心事，守住

八月的好消息。日子过得

精打细算，每片

叶子的来去，都关系到阴晴圆缺

这是眼前站在院内的两棵树

他们不是我童年里的

那树桃花

她用浅浅的三月，喊出

积攒了一冬的心声，唤醒我满院的春天

玻璃内外，阳光与我对望
白天和黑夜，阴晴
不定。乍暖还寒，想说的还来得及解冻

喇叭惊动了
阳台上的杜鹃
打开花朵，打开醒来的日子

窗外，伸着胳膊的机械停住
经过的风。新翻的
工地，歇着绿色防尘网

燕飞回。窗前
来回的云，有天使的模样
跨过去，都是春天

清明

形象，这么亲切

而记忆里多不是亲历

十六岁那年的初夏，一场雷雨

冲过门口青石台阶

扫过伤病缠身的屋檐，打湿了

堂屋里的光阴

从此，我说话的声音

和十六岁后的天空，又矮了七尺

日子潮湿，阴晴不定

不全是天事。就像清明遇上落雨

长大的少年被泪水教会顺变

清明。许多事物都在顺从

雨中鞭炮顺从祭拜的心愿，从头到尾

都那么清亮，香烛

顺从了墓碑前一个人的中年

慢吞吞的火力不慌不忙地等待收取

只是，墓碑上的你和磕头的我，熟悉又陌生

脸上流淌的水

怎么也记不清，哪些是天上的

哪些是我自己的

谷雨

一切都关乎生长
明亮。温暖。落红也是

蓑衣披挂一身烟雨
春赶往深处，草木备好下一段行程

走过一日长于一日的白天
梦始终比悄悄铺展的地耳新鲜

拔节，灌浆，孕穗
夜虫的私语都泛着春潮

歇息一冬的镰，猫在墙脚
浑身都是细汗

学着沿途赤脚奔忙的人
种子走进新泥，春已落地生根

枫
树
嘴

飘落。从春天出发
花以不回头的决绝完成初约

来不及转身，青涩爬上了枝头
草木也在往火热里奔

山寺四月的声音红了石榴上的五月天
风沿着山坡溜进深绿

小麦晃动身子一个劲地灌饱自己
田野里奔波，是卷起裤脚的人

蜻蜓的步子，跑一趟，尘世又往上
拔高一节，在此起彼伏的呼唤里

小满

走过立夏，牛脚迹都绿出蓬勃之心
菜园里茄子，辣椒都知道
黄瓜，豆角，心事重的顺着妈妈指向
爬上梯子，追赶布谷

枫树嘴用旧的那段河床醒了
红花草在怀里泛潮
跟着小蒜的行踪，长大的少年看到
黄苦菜和客人一起上了主桌

从河沿到田埂，地头
所有的禾苗和色彩，都赶着耕牛在奔跑
为了让路，我往后退了退
看到那年忙假，打着赤脚，和蝴蝶比赛的自己

梦的纹理在昨夜蝶翅上闪亮，一展再展
落于老屋退守的宅基
站在父亲拴牛的苦楝树站过的地方
我是他当年合掌捧起的麦粒

这一天。农历，也是阳历

五月的风还没到，隔着明亮玻璃

细雨旁，我们围桌厅堂，说些青葱时光

说到几十年前，那个小岛

和大海，大海中那条叫菜园的县街

雨就适时地歇下来

光溜出金边，趴在旧仓库的犁锄上生锈

站在堂屋主墙上那排

烟尘还没来得及做旧的奖状

乐出金黄的喜悦

战友没提及耕读之家

我们很小心，不去触碰农田里留守的新楼

和它们在城里拥挤出租屋的主人

就像我们午餐点食：藕须菜

南瓜藤，山芋苗

却没有谁由此说起，打猪草，捡牛粪

就像种三百亩稻田战友的皮鞋
此刻，仍不带泥点
我们，都不说水稻和田地有关的事

只有包厢后窗外
插秧机不厌其烦的粗嗓子
告诉走在农田深处水泥马路上的人

——穿过今天的雨，往前就是芒种

就是不要棍子，也不用竹竿

就是要光着脑袋奔跑

撑着满院子的阳光

那年的夏至，那个少年

用四年级的我，验证一堂自然常识课

而枫树嘴的老枫树经历了太多的事

左手翻晒阳光

另一半的手，用绿，把雨洗得透亮

闪电，大多挂在肩头

只是有一年，用了半个身子将其收藏

枝头上那只新来的老蝉

有我小时光的懵懂

而土里刨食的人晓得汗水比哭声清亮

从金黄到雪白，新麦转身，镰锄歇脚

他们依然要保持弯腰的姿势

向下一个季节靠近，向土地俯身

出梅。入伏。风和风未走到的地方
蟋蟀空出郊野的七月，热情用升腾写满脚印
草木深翠的江南
跟随小麦转身走向新的行程

进入中年，是成熟，和抵达成熟的事
放下，和放不下的
都放在草木醒来后的明亮之上

灌浆。拔节。分蘖。结铃
季节也懂得护着节气的习性
整枝。打杈。去老叶
学会舍去，不再单单是修身养性

"鹰鹯新习学，
蟋蟀莫相催。"人们不说知了
玩旧了乡村的童年和文字
而那只鹰，归于他们的仰望和远行

在跟着蜻蜓张开翅膀的枫树嘴

喜鹊衔着黄梅戏的唱词

一年一度，奔赴银河，搭一座彩虹

土润溽暑。刨开土地耕种生活的人

也是先喂养土地的人

跟随种子把自己种进田地。双脚，每一次

起落，都触动日子的温饱

脚印深深浅浅

长短，都会牵扯到村庄头顶上的烟火

正如田地里生长的事物

风也好，雨也好，哪怕炎炎赤日

知了，有另一种说辞

掩不住，一句句都是对光亮的热切

荷，多了几份矜持

摇动笔尖，隔着云水，把泥土深处的

热情铺展成了水墨的写意

我曾看见，年少时，稻田里来不及

上岸的人，捂不住身上的水

每一滴都是透亮的火苗

把三月青绿的心事，焐成秋后小院的金黄

立秋

有人说，它胜过春朝
有人读出，萧萧而下的落木无边
蛙声里，有人
听到稻花的气息上能算计年景

其实。并不是
所有的人，都有账可算
那些在课堂上
"春种一粒粟，秋收万颗子"的人

是否知晓，几时分蘖
何时扬花，年成要咽下多少汗水

而翻开泥土，顺着雨水
用自己和种子播种春天的人
却记着，中稻开花，单晚圆秆

大豆结荚，玉米抽雄吐丝
棉花正等着打顶、整枝、去老叶，抹赘芽
青春期的红薯需要怎样的墒情

处暑

节气走到处暑
曾经栽过秧的人走过中年

热烈过。头顶上的
白云，还在燃烧蓝色的火焰

而她安抚的稻田
某些往事，在细小花朵上淡淡羞涩

灌浆，和饱满
都是后来的事。村前的合欢

后山坡上柿子。霜飐起
她们依然开喜欢的花，灯火红得喜庆

路过身边的人
鬓角乱了昨夜的月光

——还能来得及，为脚下大地，和一起
下过田的人，做点什么

白
露

枫树枝上那枚绿叶正褪去青衣
将落。未落

你的衣襟还掩着那时的体温
薄凉，与热情
约定的相逢，这个时候，晶莹成珠
一粒清露，汪在稻草尖上

而稻草人已不见影踪
稻田里的云朵，抱紧山腰上的自己
瘦下来的水田腾出更多天空

风，和制造风的翅膀
又一次，确认各自的来路和归途
人过中年，斜阳的余温
洒落那头靠干草喂养时日的耕牛

不问草木枯荣，日子短长
此刻，我是枝头那枚尚未落下的叶子

还有，月光与露水

和披着月光顶着露珠而来的你

——合欢花仍在村头巷口把喜欢次第打开

北边窗口，今天的清晨

我看到了秋深。白天和黑夜的缝隙

时间又紧跑了几步

头顶白云，没有跑出那匹马

水田里，稻茬的影子上有鹭鸶的模样

叫得出和叫不出名字的鸟

在郊野空枝上把自己倒腾如果实

而小区的景观道

红花羊蹄甲还在两两相对，举起鲜艳

树的小手不知何时转了朝向

这让我想起，昨晚体育馆跳舞的人

转移了夏天的阵地

蟋蟀们也把夜的对话搬进了小院

吃过晚饭，电视新闻

还没有来得及联播，就已看不见天色

寒露

白天换上北风的外套

夜加厚了铺盖

坐着的，站着的，和倒悬的灯

各自添加衣裳

黑夜藏起的事物，和有了

倾向性的茅草

在早起的晨曦里明亮

穿着羽绒服的大雁

把还在忙碌秋天的人，由北驮向南

只有这村口的枫树叶

顺着来路，用放手，报答曾经的扶持

就像这披挂着村庄度日的人

日长日短，站起坐下

活得和枫树一样，一边落叶，一边吐出新芽

儿时的枫树嘴

霜先落村口枫树枝头

再落屋瓦

而最早的，却落在

母亲的针线

和我们的手脚与鞋袜上

上学后，看到

霜先落来不及歇脚的犁锄

落闲不住的田地

落在全村一日三餐的饭菜里

最后，落满

父母们的双鬓和身心

如今，人过中年

我来到了霜降的时节

遥望村口

落叶的枫树，还绿着春的模样

如同此刻的我
已过的半生还留给我那么多日月
还有那么多春耕秋种
等着我构思布排，分行点播
翻页收割

立

冬

秋从枝头落下的时候

村口枫树看护的天地更加空旷

生活在江南，他们还是年轻的模样

就像树荫下的村庄，忙碌就是活着

稻子，玉米，正在归仓

小麦，油菜，动身奔赴下一个轮回

那条通往省城的马路，一些脚步

如叶上露珠，隐入经霜的尘世

总有更年轻的步伐，学会了人间行走的技艺

就像枫树守望的田埂

正好够，冬天的枫树嘴用来走进春天

小雪

已11月18了。这个时节
这个年纪，下午3点半的阳光
垂下来。过程
和结果，都有近似小雪的模样

慢慢冷下来的光，在枝头
在树下小黑的眼里，没什么太多的不同
从午后阳光里走进中年的人
习惯性地，在顶上重复梳理的动作

山坡上，铺展开来的白
天空悬浮的小可人儿，那么不经意
又那么认真，单纯地重复，一片，一片片
这让我想到了中年之后的日子

下意识地收回，已散开来伸向头顶的手指
拿起闹钟，把还没有来得及
走到4点的下午，紧紧攥在自己的
——手心里

大
雪

"没有经过几场雪的人，

如何进入中年。"

站在田畈的槐树上，

喜鹊们正在讨论什么。

它们并不关注，

一个已被中年闲置在身后的人，

也没在意他身上的花白和它们有什么不同。

就像走在大雪里的江南，

鸟叫不叫，雪来不来，

都会有人去田地里转一转。

就像正在补油菜的二嫂和拔萝卜的春枝，

她们解开夹袄，撸起了袖子，

把白亮的太阳一粒粒洒落在脸面上。

就像那个顶着花白走过槐树远离了中年的人，

看着墨绿的油菜和青翠的麦田，

想起还有一个后半辈子，

足够他用来，走进许多个春天里。

冬

至

雪还没有走到今年的江南

风已很薄，一下子

扎透骨头，穿过尘世，直抵季节的深处

昨晚的月亮，在老屋

向南的窗台上，立于今夜月影之前

人间轮回，倚窗的，又一次转身

那些叫得出，或叫不出名字的鸟

来来去去，说着各自的家乡话

总有些声音，多了几份清亮和亲切

长个头的动静，来自正发育的油菜

反刍的红花草在咀嚼中重复温馨

老牛却退回到了旧时光

沿着这条田塍，村庄和秧田正在靠近

还有正在靠近的，新年和新春

小寒

慢下来。是相对的，与相对论
与什么论都无关

生活不易。为锻炼肺的品质
我在家和单位之间，开始了骑行

沿途，以前与我彼此逆向的
行道树，现在，一路上我们相伴相随

此刻，没有风声
在人间路过，都是轻缓的低语

路要一步一步地走
父亲教会少年，要紧是走得稳，不在快

没念多少书的母亲
总是低声念叨，饭要一口一口吃
才能吃饱，才会长个子，才有力气去疯

我是听着话儿长大的孩子
其实，还没来得及怎么疯，一回头已过中年

所有的经历都应对农时，和节令
已过的半生，和正在到来的每一个日子

每一步都在花费，少不了，急不得
幸运的事，在壬寅深冬的小寒

吃饭和赶路都慢半拍的我
依然是路过春秋时的冷暖，生长，和饱满

大寒

"一场雪行至中途，
没了消息。"只有从北，没按回车键
直接删除了到南

江南的大寒，和小寒，轮回节气，
也轮回农时，黑白，冷暖
和兴衰。雪落纸上，是笔的心事

下在屏幕中，多了几许生动
却少了温度。只是，这大寒的人间，
东西南北中，电视上的他们说
一个也不能少

他们知道，自己离不开行程
就像能等来一场雪
却等不来那些人

然而，大寒过后就是年
时光套在尘世的身上

一边不回头地

老去，一边，不断地重生

后 记

是的。"诗歌源自心灵",而"心会创造一切"。只是这"创造",并非无缘由或臆造的,应是真实生活的体验和提炼,真实情感的聚积和激发,更应是"平凡生活中的神秘之力",有着它自身的土壤和源头。哪怕时间久长、相距遥远,并不妨碍灵魂相通、精神相依。就像我和我的故乡——枫树嘴。

正如每个人眼里,都存在着一个与他人不完全相同的世界。我心中的枫树嘴,跟我儿时伙伴们的枫树嘴有着不同。我曾在2024年8月7日,走进中国诗歌网"每日好诗"直播间时提及过:记忆里,我的少年时代可以说是凄风苦雨中的浮萍。母亲回归她的故乡,父亲过早地离世,让我早于同龄人见识了一个真实、多维的枫树嘴,以及它所呈现的炎凉世态、冷暖人情……这一切,让我的成长经历了超常的锤炼,也让我既倔强又柔软。

这些复杂的情感聚积,一直在胸中寻找表达的通道,特别是参军离开枫树嘴后,表达这种情愫的意念更加强烈。虽然,我也尝试用小说、散文等形式诉说过我的枫树嘴,无奈终是拐着弯地抒发情感,难以直抒胸臆。直到2019年秋,有幸遇到诗人雪鹰先生,一位为现代诗歌写作、研究和传播,几近殉道的人。在他的引领下,初识诗歌是可以"在有限的长短句里表达没有限度的思想和感悟"的。所以我暂时放下了其他的写作练习,专心习练诗歌的写作。

我深知自己学识浅,缺少语言的天赋和诗人的潜质,尽管这些年在"金山诗歌班"和"新诗高地",得到了老师和同学们的鼓励与帮助,随着对诗歌写作有了一些新的认知和体验后,更加清醒地认识到自己还不足以算是一个诗人。没有自己独特的语言,更不能准确艺术地表达,惟有一个赤子的情怀,一颗对故乡恋恋不忘的初心。所以,我所写的句子,长长短短或隐或现能找到对枫树嘴的牵牵挂挂。第一本诗集直接叫《枫树嘴》,这应是缘由之所在。

我的《枫树嘴》能够付梓出版,除了特别感谢亦师亦友的雪鹰先生的帮助、支持和鼓励。还要感谢少年时代就相互激励、共同成长的潘玉山兄弟,从文本的初选、编排,到书名的商定,无不尽心尽力。更要感谢我的妻子吴云老师,我们都是从枫树嘴走出来的少年,有着太多的共同记忆和同样的情愫,可以说,没有她的同心同行,恐怕我是没有出版《枫树嘴》的信心和勇气的。

感恩枫树嘴,也感恩《枫树嘴》,让我一路有恩情可感激,有归依可追寻,有快乐可呈现。

吴海龙

甲辰龙年八月廿四　于名人苑

图书在版编目（CIP）数据

枫树嘴 / 吴海龙著.--海口:南方出版社,
2024.12.--ISBN 978-7-5501-9445-8

Ⅰ.I227

中国国家版本馆CIP数据核字第2024AX4249号

FENGSHUZUI

枫 树 嘴

吴海龙 著

责任编辑	杨　乐
封面设计	长淮诗润文化传媒
出版发行	南方出版社有限公司
邮政编码	570208
地　　址	海南省海口市和平大道70号
电　　话	（0898）66160822
传　　真	（0898）66160830
印　　刷	河北文盛印刷有限公司
开　　本	880mm×1230mm　1/32
字　　数	204千字
印　　张	9.75
版　　次	2024年12月第1版
印　　次	2025年1月第1次印刷
定　　价	68.00元